Carlo Lucarelli

Laura di Rimini

Carlo Lucarelli

Laura di Rimini

Aus dem Italienischen
von Peter Klöss

Roman DuMont

Die Originalausgabe erschien 2001 unter dem Titel *Laura di Rimini*
bei Giulio Einaudi Editore, Turin.
© 2001 Giulio Einaudi Editore, Turin

Erste Auflage 2004
© 2004 für die deutsche Ausgabe: DuMont Literatur und Kunst Verlag, Köln
Alle Rechte vorbehalten
Ausstattung und Umschlag: Groothuis, Lohfert, Consorten (Hamburg)
Gesetzt aus der Haarlemmer
Gedruckt auf säurefreiem und chlorfrei gebleichtem Papier
Druck und Verarbeitung: Clausen & Bosse, Leck
Printed in Germany
ISBN 3-8321-6009-4

Erste Woche

Laura aus Rimini betastet mit der Zungenspitze die Innenseite ihrer Wange, bevor sie mit den Zähnen daran herumnagt. Anna aus Pesaro wickelt sich die Haare um den Zeigefinger, eine lange schwarze Locke wie ein Ring. Paola aus Ferrara drückt den Rücken durch, lehnt sich mit dem Nacken an die Glasscheibe des Kastens mit den Prüfungsterminen und geht mit stummen Lippen rasch noch einmal die Namen der bedeutendsten Vertreter der Mailänder Scapigliatura durch, Italienisch II, Moderne Literaturgeschichte, Seminar Frau Prof. R. Creberghi, Studenten Nachnamen L bis Z.

Laura aus Rimini kneift die Augen zu und preßt mit der Fingerspitze die Wange gegen die Zähne. Anna aus Pesaro hat zu ihr gesagt, daß sie alles vergessen hat, daß sie sich an nichts erinnert, daß sie jetzt gehen und ihr Glück beim nächsten Mal versuchen wird, wie Marta aus Rom, die gar nicht erst gekommen ist, und darauf hat Paola aus Ferrara gesagt: »Sei doch nicht blöd, heute ist der letzte Sommertermin«, und dann: »Für mich ist die Hauptsache, ich bestehe. Sag, Laura, darf ich dich mal was fragen?« Doch Laura hört ihr nicht zu, sie beugt sich nach vorn, die Arme über den Knien verschränkt, die in Jeans stecken, der Kopf in den Kragen des Polohemds gezogen, als wollte sie sich die Ohren bedecken, denn sie weiß, was Paola will, sie will sie fragen, wann Boito geboren wurde oder was Praga geschrieben hat, und dann wird sie selbst in Panik verfallen, denn so auf die Schnelle will es ihr nicht einfallen. Sie beugt sich so weit vor, daß ihr Kopf sich fast zwischen zwei Typen zwängt, die miteinander reden, der eine kräftig und fast kahl rasiert: *Arbeitslager für illegale Einwanderer, Scheiß Autonome Zentren, alle dichtmachen,* der andere schlank und mit Piercings überall, sein knochiger Finger tippt dem ersten auf die Brust, genau über dem Lorbeer des schwarzen Fred-Perry-Shirts: *Und wieso kommt ihr nicht mal vorbei und sagt uns diesen Mist ins Gesicht?,* und als sie den Kopf rasch wieder zurückzieht, spürt sie im Unterleib bereits das dumpfe Stechen der Kolitis, die sie vor Prüfungen immer kriegt. Im Raum am Ende des Korridors sind sie mit dem Studenten, der vor ihr in der Liste steht, fertig und rufen nun sie herein.

»Wer ist der nächste? Rau... Mau... könnt ihr nicht mal deutlicher schreiben? Na, jedenfalls, der Vorname ist Laura ... ist die anwesend?«

Laura aus Rimini steht auf, und gerade, als Paola sagt: »Glaubst du's, mir fällt partout nicht mehr ein, wann Tarchetti gestorben ist!«, macht sie einen Schritt nach vorn und reißt sich ein Stückchen Haut aus der Wange, so heftig, daß sich auf ihrer Zunge sofort der süßliche Geschmack von Blut ausbreitet.

Sie waren zu dritt und schauten sie durch die ovalen Löcher der Plastikmasken an. Als sie die Tür öffnete und da dieser Typ mit der Mickey-Maus-Maske stand, dachte Marta aus Rom: *Wie sieht der denn aus,* im Glauben, es wäre der Kommilitone aus Bari vom dritten Stock, der ein bißchen hinter ihr her war. Doch dann rammte Mickey ihr seine Faust in den Magen, so daß sie zusammenklappte und ihr ein schrilles Stöhnen entfuhr, so schrill, daß nur Hunde es hätten hören können. Während ihr die Tränen in die Augen schossen, fiel sie – *Plock!* – auf den zellulitischen Hintern. Mickey Maus verschwand, um in den anderen Zimmern der Wohnung nachzusehen, Minnie schloß die Tür ab, und Onkel Dagobert baute sich breitbeinig vor ihr auf.

Marta stieß ein weiteres heiseres Würgen aus, und als sie den Mund wieder geschlossen hatte, sprach er sie an.

»Groß, braunes Haar, bißchen schick, hübsch. Die Haare zum Pferdeschwanz gebunden ... wo ist sie?«

»Wer?« hauchte Marta durch die halb geschlossenen Lippen, doch sofort öffnete sie den Mund wieder, denn Minnie hatte sie im Nacken bei den Haaren gepackt und ihr einen kalten Gegenstand gegen die Wange gedrückt, massiv und spitz, vielleicht ein Gerät zum Reinigen von Pfeifen, tatsächlich stank er nach Tabak.

»Willst du sterben? He? Willst du sterben? Willst du so enden wie die Frau Professor?«

Sie wußte nicht warum, aber sie hatte erwartet, daß Minnie die Stimme einer Frau hätte, ein idiotischer Gedanke, denn Mickey Maus hatte sich ja auch nicht wie Mickey Maus verhalten. Dann plötzlich explodierte in ihr das Gemisch aus Angst, Spannung, Schmerz und Absurdität der Situation, und Marta tat das, was sie immer tat, wenn sie hochgradig erregt war: Sie brach in hysterisches, schallendes Lachen aus und konnte einfach nicht mehr aufhören. Sie hatte schon mehr als einen Freund vergrault deswegen.

»Ich bring sie um«, sagte Minnie, aber Onkel Dagobert hob die Hand.

»Nervöse Reaktion. Besser, man hört sie lachen als schreien. Ich fang noch mal von vorn an. Groß, braunes Haar, bißchen schick, hübsch. Pastellrosa T-Shirt oder was in der Art. Sie müßte einen Rucksack haben wie den hier.« Er nahm einen schwarzen Rucksack von der Schulter und ließ ihn am Träger hin und her pendeln.

»Laura«, gluckste Marta aus Rom. »Das ist Laura.«

»Ich will nicht wissen, wer sie ist, ich will wissen, wo sie ist.«

»Weggegangen. Prüfung. Letzter Sommertermin.«

Mickey Maus kam aus einem Zimmer und nickte, in der Hand ein paar Slips und eine Sportsocke.

»Ich nehme an, da es die letzte Prüfung ist, hat Signorina Laura bereits die Koffer gepackt und fährt hinterher gleich nach Hause, ohne noch einmal hier vorbeizuschauen«, sagte Onkel Dagobert. »Oder irre ich mich?«

Marta schüttelte den Kopf, während sie mit zuckenden

Schultern versuchte, die Lachanfälle zu unterdrücken. Onkel Dagobert verdrehte die Augen und seufzte: *Wie soll man denn so arbeiten?* Dann ging er in die Hocke.

»Ich versuch's ein letztes Mal«, sagte er. »Die Tatsache, daß wir Masken tragen, sollte dir eigentlich sagen, daß wir dich nicht töten wollen. Wenn du uns sagst, wo Signorina Laura im Moment ist, dann gehen wir zurück nach Disneyland. Ich zähle bis drei: eins, zwei, drei.«

»Italianistik«, lachte Marta. »Seminar Italienisch II, Scapigliatura.«

»In Ordnung, eins plus. Schade, daß Frau Professor Creberghi nicht mehr unter uns weilt, sonst hätten Sie sie gleich wegen der Examensarbeit fragen können.«

Wenn Laura aus Rimini lächelt, spannen ihre Lippen so sehr über den Zähnen, daß sie fast weiß werden, und wenn sie dann die Augen zukneift, nähern sich ihre Brauen einander so an, daß sie aussieht wie die blutjunge Irene Papas. Wenn sie hingegen nur halb lächelt wie jetzt, zieht sie eine seltsame Grimasse, ein bißchen drollig und finster zugleich. Es ist nämlich so, daß die Umstände des Todes der Frau Professor vollkommen mysteriös sind und daß Laura Kriminalgeschichten noch nie sonderlich gemocht hat.

»Kannten Sie sie?« bohrt der Assistent nach, während er den Stift über der Stelle schweben läßt, wo die Unterschrift neben die Note gesetzt wird, und seine Augen blicken über das schmale Brillengestell hinweg zu ihr auf. Hübsch, der Assistent.

»Ja. Das heißt nein ... ich kenne sie aus dem Unterricht, und einmal bin ich bei ihr zu Hause gewesen, um ein Vorlesungsskript abzuholen.« *Vorgestern, ausgerechnet an dem Tag, an dem sie ermordet wurde,* denkt Laura, und sie schwankt, ob sie es sagen soll, denn eigentlich will sie kein Gespräch über dieses Thema anfangen. Aber er ist hübsch, der Assistent, er schaut sie über die Brille hinweg an, und da sagt sie es doch.

»Tatsächlich? So ein Zufall ... jaja, der Zufall ... wenn Sie sich noch ein wenig mit ihr unterhalten hätten, dann wären Sie dem Mörder womöglich ebenfalls begegnet. Nein, unmöglich ... es ist ja nachts passiert.«

Er legt den Stift auf den Tisch, und Lauras Lächeln, das eh schon nur ein halbes war, reduziert sich zu einem Drittellächeln. Aber der andere bohrt weiter. Fast krankhaft.

»Haben Sie die Zeitungen gelesen? Fast hundert Stichwunden, aber nur eine war tödlich ...«

Lauras Lächeln verschwindet. Er mag ja hübsch sein, der Assistent, hübsch blond, hübsch schlank, hübsch professoral, aber mein Gott, der ist echt krank. Und eiskalt, schließlich muß er die Creberghi gut gekannt haben, er war ja ihr Assistent. Wenn er jetzt endlich mal unterschreibt, wird sie sich verabschieden, ihren Rucksack schultern und gehen. Und da es eine Eins plus geworden ist, wird sie zur Feier des Tages nicht die große Treppe des Italienischen Seminars nehmen, sondern den Aufzug, aber hallo.

»Wirklich eine merkwürdige Geschichte«, murmelt der Assistent, und einen Augenblick lang wirkt er fast betroffen, dann setzt er seine Paraphe in das Studienbuch. Als Laura danach greift, hält er es noch einmal zurück. »Und dann die Tatwaffe ... eine kleine viereckige Klinge. Wie ein Pfeifenreiniger.«

Von den dreien war Onkel Dagobert unverkennbar der älteste, auch ohne Maske. Mickey Maus war der kleinste und besonnenste, Minnie der nervöseste. Minnie hatte darauf bestanden, statt der großen Treppe mit dem Aufzug ins Italienische Seminar hinaufzufahren, und drückte nun immer wieder auf den Knopf, obwohl der schon rot leuchtete.
»Scheiß Studenten«, knurrte er, »den ganzen Tag nichts als faulenzen. Haben die Prüfung hinter sich, und jetzt stehen sie in der Tür und blockieren den Aufzug, Ciao-ciao, Bussi hier, Bussi da ... Null Verständnis für die arbeitende Bevölkerung.«
Als er merkte, daß Onkel Dagobert ihn ansah und lächelte, malträtierte er den Knopf, daß der kreischte.
»Wieso, arbeite ich etwa nicht? Reiß ich mir etwa nicht auch den Arsch auf, um ... ah, da kommt er.«
Auf dem Knopf war ein nach unten gerichteter Pfeil erschienen. Minnie trat zwei Schritt zurück und biß sich auf die Lippen, denn einfach ruhig dastehen konnte er nicht. Onkel Dagobert streckte den Arm aus und drehte das Foto, das Mickey in der Hand hielt, in seine Richtung, um es noch einmal anzusehen. Eine lächelnde Laura aus Rimini im Unterhemd und mit einem Cowboyhut auf dem Kopf, Arm in Arm mit einem zweiten Mädchen, offensichtlich im Pfadfindercamp. Dann sah er auf, denn die Aufzugtür hatte sich geöffnet.

Ein Mädchen mit einem schwarzen Rucksack auf dem Rücken.

Klein, pummelig, eine schwarze Haarlocke wie einen Ring um den Finger gewickelt. Sie nickte zu dem verschliffenen Ferrareser Tonfall der Blonden, die neben ihr stand und offenbar keinerlei Eile hatte, den Aufzug zu verlassen. Zumindest solange nicht, bis sie die drei an der Tür bemerkte, den alten, den kleinen und den nervösen, der sofort hineinstürmen wollte und sie fast angerempelt hätte.

»Studenten«, hörte sie ihn knurren, während sich die Aufzugtüren schlossen. »Studenten ... den ganzen Tag nichts als faulenzen!«

Arschloch, dachte Anna aus Pesaro. Dann zog sie den Rucksack, der halb heruntergerutscht war, über die Schulter und seufzte.

»Und was jetzt? Sollen wir warten, bis Laura vom Klo kommt, oder besetzen wir schon mal einen Tisch im Caffè del Teatro? Ihr Rucksack ist nämlich ganz schön schwer, sag ich dir ...«

Mit gebeugten Knien und leicht durchgedrücktem Rücken versucht Laura so gut es geht zu verhindern, daß ihr Po die rissige Klobrille berührt. Sie fühlt sich unbehaglich. Sie denkt darüber nach, was der Assistent gesagt hat. Über den Zufall. Wäre sie ein bißchen länger dageblieben, wäre sie womöglich dem Mörder begegnet. Womöglich hätte der Mörder auch sie getötet, einfach so, aus Pech.

Ihr fällt etwas ein, etwas, das sie vor ein paar Monaten im

Fernsehen gesehen hat. Die Geschichte eines Mädchens – eine wahre Geschichte –, die eines Tages in der Uni auf Toilette geht, in Mailand, in den 70er Jahren, und dort ermordet wird. Wäre das Mädchen eine Ecke weitergegangen, in eine Bar zum Beispiel, hätte sie einen Kaffee bestellt und sich den Toilettenschlüssel geben lassen, wäre ihr nichts passiert. Die Sendung hatte Laura nicht gefallen, sie mochte schon damals keine Kriminalgeschichten und war mittendrin eingeschlafen, doch jetzt ist sie ihr wieder eingefallen, und daran ist der Assistent schuld. Und während sie sich umschaut und nach etwas sucht, womit sie sich abwischen kann, fühlt Laura sich immer unbehaglicher.

Und was, wenn hinter dieser dünnen, mit Kritzeleien übersäten Holztür jemand wartete, jemand Böses? *Lesbo '80 in der Mittagspause, Qué Viva El Che, Marco S. oder das Drama der Impotenz ...* Was hat dieser Krach zu bedeuten, als würde jemand energisch eine Klinke herunterdrücken?

Diese entschlossenen Schritte auf dem Fußboden des Vorraums, wie von jemandem, der sucht, in Eile?

Es ist nicht der Schritt einer Frau, den sie hört, dieses Husten ist nicht weiblich ... und wenn dort draußen tatsächlich jemand wäre, der sie sucht?

Laura schüttelt sich, ruft der Hand, die die Tür aufstoßen will, »Besetzt!« zu, dann richtet sie sich auf, denn in dieser Kauerstellung fängt es in ihren Beinen an zu kribbeln. Nirgends ein Fetzen Papier, und ihren Rucksack hat sie Anna aus Pesaro gegeben, damit sie ihn nicht auf dem Fußboden der Toilette abstellen muß. *Dann eben nicht,* denkt sie, während sie sich die Jeans hochzieht und den Slip zurechtrückt, der sich um ihre Knie gewickelt hat, dann tritt sie hinaus und wirft der Frau einen bösen Blick zu, die an der Wand vor ihrer Tür gelehnt wartet und erneut hustet, die Stimme heiser von Rauch, während sie eine Zigarette unter der Stiefelsohle ausdrückt.

Zwei Gedanken, blitzschnell, direkt vor und direkt hinter der Toilettentür.

Der erste: diese Sache mit dem Zufall, daß eine einzige Sekunde darüber entscheidet, ob du deinem Mörder begegnest, vielleicht gleich hier, am Ende des Korridors, der zu den Seminarräumen führt, ausgerechnet vor der Tür zur Toilette, das ist doch totaler Schwachsinn.

Der zweite: dieser blöde Assistent mit seinen krankhaften Phantasien.

Und instinktiv dreht sie den Kopf dem Zimmer zu, wo sie die Prüfung abgelegt hat, doch alles, was sie sieht, sind drei Typen von hinten, die hineingehen.

Dann schließt sich die Tür.

»Mittagspause«, sagte Onkel Dagobert, während Mickey Maus dem ersten Studenten in der Schlange die Tür vor der Nase zuknallte. Der Assistent öffnete den Mund und stand auf, dann erstarrte er, die Hände noch auf der Tischplatte.

»Aber wir kennen uns doch«, sagte Onkel Dagobert. »Um so besser, das vereinfacht die Sache.«

»Ich glaube kaum, daß ich bereits das Vergnügen hatte ...«, begann der Assistent und wollte sich wieder hinsetzen, doch

Minnie packte seine Krawatte und riß sie abrupt nach unten, wodurch der Assistent mit der Stirn gegen die Tischkante knallte. Nicht besonders fest, aber doch genug, damit der Assistent beim Aufprall den Hals so sehr anspannte, daß sein Kopf zurückschnellte und er mit dem Nacken gegen die Wand schlug.

»Wir haben uns ein paarmal auf Partys im Hause Creberghi gesehen, auf dem Land. Du hast dich die ganze Zeit mit einem zusammengerollten Hunderttausender in der Nase über einen Glastisch gebeugt und dabei geschnüffelt wie ein Trüffelhund. Mit gutem Grund, mein Junge, das war Spitzenware. Ich weiß das, ich verdeale sie nämlich.«

Jemand versuchte die Tür zu öffnen, doch Mickey stemmte die Hacken in den Boden und warf sich dagegen. Minnie stieß mit den Fingerspitzen gegen die Stirn des Assistenten, weil er glaubte, der wolle wieder aufstehen, dabei wollte sich der andere nur den Nacken massieren, und der zweite Schlag, den er abbekam, bewirkte, daß er die Augen schloß und mit den Zähnen knirschte.

»Die gleichen Kreise, die gleichen Freunde ... wir sind alle eine große Familie«, sagte Onkel Dagobert. »Solange keiner versucht, uns zu verarschen. Groß, braunes Haar, bißchen schick, hübsch ... wo ist sie?«

»Wer?« fragte der Assistent, obwohl er verstanden hatte. Minnie packte ihn am Kinn und grub ihm die Finger in die Wange. Er zog den Pfeifenreiniger aus der Tasche, steckte ihn dem Assistenten in die Nase und schob seinen Kopf gegen die Wand, preßte dann seine Stirn an die Stirn des Assistenten, damit dieser keine heftige Bewegung machen konnte und sich den Pfeifenreiniger etwa selbst ins Gehirn trieb. Schüchterne Fingerknöchel klopften an die Tür, als Antwort hammerte Mickey mit der Faust dagegen.

»Ich an deiner Stelle würde reden, bevor's mich in der Nase kitzelt. Sie war hier, wir müssen sie um ein Haar verpaßt haben. Sie hatte einen schwarzen Rucksack wie den hier.«

Onkel Dagobert zog den Rucksack von der Schulter, öffnete den Reißverschluß, zog ein paar Frauenslips heraus und warf sie dem Assistenten an den Kopf. Dann holte er ein Buch hervor, das auf den Beinen des Dozenten landete und ihn gefährlich heftig zusammenzucken ließ.

»Wo ist sie?« fragte er. »Ich zähle bis drei. Eins, zwei, drei.«

»Caffè del Teatro«, stieß der Assistent hastig hervor. »Nach den Prüfungen gehen alle immer dorthin.«

»Hier ist ja die ganze Uni versammelt«, sagt Paola aus Ferrara, »da finden wir bestimmt keinen Platz mehr.«

Irrtum, denn ein Tisch ist noch frei, und Anna aus Pesaro besetzt ihn, indem sie Lauras Rucksack daraufwirft. Paola seufzt: »Ich sag Bescheid, daß wir was bestellen möchten, bei dem Trubel dauert es sonst ewig«, und Anna fragt sich schon, wie sie allein zwei leere Stühle verteidigen soll, als sie Laura hereinkommen und sich einen Weg durch die Leute bahnen sieht. »Wenn ich Prüfungen hab, krieg ich immer eine Kolitis«, sagt Laura. Sie nimmt den Rucksack wieder an sich, setzt sich und stellt ihn auf den Knien ab.

»Was hast du da eigentlich drin, daß der so wahnsinnig schwer ist?« fragt Anna. Laura zuckt mit den Schultern.

»Nichts Besonderes. Wäsche zum Wechseln, ein Buch von Baricco, die Monatskarte für die Bahn, meine Fotos ... das ist wie mit Linus und seiner Schmusedecke, ich mache ihn nie auf, aber ich muß ihn immer dabei haben.«

Ihre Finger fahren über den Reißverschluß, schließen sich um den Metallnippel, beginnen ihn nach hinten zu schieben und befreien die ersten Zähne. In diesem Augenblick kommt Paola mit zwei Tassen in der Hand zurück. »An den Tischen wird nicht mehr bedient«, sagt sie, und der Reißverschluß hält auf halber Strecke inne, halb geöffnet und krumm wie ein schiefes Lächeln.

Da ist etwas Komisches an diesem Reißverschluß.

Auch der Stoff, auf den er genäht ist, fühlt sich nicht an wie sonst, und die Träger sitzen irgendwie enger als gewohnt. Und was ist das da drin, das so glitzert?

»Hör mal, Laura, wenn du auch was willst, mußt du es dir selbst holen, ich hab nur was für Anna und mich bestellt.«

Laura nickt, schließt den Reißverschluß, steht auf und bahnt sich einen Weg durch die Leute zur Theke.

»Da ist sie, an der Theke«, sagte Mickey, und Minnie hätte sich sofort auf sie gestürzt, wenn Onkel Dagobert ihn nicht an der Schulter gepackt und zurückgehalten hätte.

»Warte. Laß uns nach Plan vorgehen. Konzertierte Aktion: Du kommst von links und rempelst sie an, du kommst von rechts und reißt ihr den Rucksack runter. Ich halte euch hier den Weg frei, und wir verduften. Auf drei geht's los. Eins, zwei, drei.«

Mickey ging nach links, den Arm schon angelegt und die Schulter angespannt, bereit zu einem Rempler, der einer Rugbymannschaft würdig gewesen wäre. Minnie hatte schon die Arme ausgestreckt, die Finger wie Krallen gekrümmt, entschlossen und zielgerichtet wie ein Stuka. Sie waren erst einen Schritt weit gekommen, als der Zugriff erfolgte. Mickey wurde gegen die Wand gedrängt, und Minnie wurde nach hinten weggesogen, die noch immer vorgestreckten Hände schienen durch die Luft zu kratzen, auf der Suche nach etwas, an dem sie sich festkrallen konnten. Er wirbelte um die eigene Achse und fand sich draußen auf dem Bürgersteig vor dem Café wieder, von einer Hand im Genick am Boden gehalten, ein Knurren im Ohr.

»Keine Bewegung, Arschloch! Polizei!«

Laura dreht sich um, wendet den Kopf nur ganz leicht zur Seite und blickt zum Ausgang. Draußen ist irgendwas los, der Barmann steht am anderen Ende der Theke und reckt neugierig den Hals, weiß der Himmel, wann er sie endlich bemerkt. Laura legt die Arme auf den Messingrand der Theke und blickt zufällig auf die Uhr an ihrem Handgelenk. Ach du Schreck, der Zug!

Sie schultert den Rucksack. »Ich muß gehen, sonst verpasse ich den Zug«, sagt sie zu Anna und Paola, die aufgestanden sind, um ebenfalls zu gaffen, senkt den Kopf wie ein Stier und bahnt sich einen Weg zum Ausgang.

Draußen raufen zwei Typen mit der Polizei, doch Laura beachtet sie gar nicht. Bestimmt Fixer oder weiß der Himmel was ... es ist ihr egal. Sie mag keine Kriminalgeschichten.

»Halt still, verdammt! Mist ... er hat mich gebissen!«

Hinter einer Hausecke unter den Arkaden versteckt, mitten in der zusammenlaufenden Menge der Gaffer, malträtierte Onkel Dagobert mit den Zähnen seine Lippe und starrte auf Minnie, der am Boden lag, unter dem Knie eines Polizisten, der ihn an den Ohren festhielt wie einen Hund. Mickey stand mucksmäuschenstill mit dem Rücken an einer Säule, die Arme ausgestreckt wie ein Gekreuzigter und die Augen auf den Lauf einer Pistole gerichtet, die so nah war, daß er schielen mußte.

»Verbrecher«, knurrte ein Mann neben Onkel Dagobert. »Was ist aus dieser Stadt geworden!« rief eine Signora hinter ihm, während er aufzuschnappen versuchte, was Minnie und Mickey einander zuriefen.

»Grigorij, dieser Bastard! Er hat uns verkauft!«

»Halt die Klappe, Mensch, halt die Klappe.«

»Wer ist dieser Grigorij?« fragte der Polizist. »Egal, verkauft hat euch jedenfalls niemand. Das habt ihr euch selber eingebrockt, ihr habt das Mädchen nicht gut genug gefesselt.«

»Das sind bestimmt Albaner«, zischte der Signore, und die Signora: »Mindestens, mindestens!«

»Sie ist immer noch baff, daß ihr sie nicht getötet habt ...«, sagte der Polizist, »ich übrigens auch.«

»Rübe ab!« sagte Onkel Dagobert, während er sich durch

die Menge schob, »Rübe ab!« sagte er noch mal und verkrümelte sich.

»Baff?« knurrte Minnie, wobei er blutigen Speichel ausspuckte. »Wieso das denn? Wir sind doch keine Mörder ... ich hab noch nie wen ermordet!«

Frau Professor lachte. Vorher, während der Party, hatten sie alle wie die Spürhunde geschnüffelt, aber nicht deshalb lachte sie. Sie lachte über ihn, weil er ihr gesagt hatte, daß sie beide zusammen, daß – wenn sie wollte – sie beide zusammen, daß sie hier und jetzt, in diesem Augenblick, auf dem Sofa, sie beide zusammen ... Sie lachte. Wie konnte sie so lachen, mit Tränen in den Augen und vor Anstrengung geschwollenen Adern am Hals? Er liebte sie, er begehrte sie. Er haßte sie.

Der erste Gegenstand in Reichweite, egal was.

In der Tasche, der Pfeifenreiniger, seine viereckige Klinge, kurz und spitz. Es war nicht die richtige Waffe zum Töten, aber er wollte ja gar nicht töten, er wollte nur weh tun, zumindest anfangs. Dann hat er auf der Hand das warme Blut gespürt und sich nicht mehr bremsen können, bis sie auf dem Fußboden lag. Und es hat ihm gefallen, es hat ihm so sehr gefallen, daß sein Blick sich trübte, es hat ihm so sehr gefallen, daß er es noch einmal tun will. Deshalb lächelt er, während er Laura beobachtet, eingerahmt vom Autofenster, die eilig mit ihrem schwarzen Rucksack zum Bahnhof geht.

»Laura! Laura Mau... Cau... verdammt noch mal ... Laura aus Rimini!«

Laura dreht sich um und kneift die Augen zusammen, weil

sie ihn im ersten Moment nicht erkennt. Dann ja, er ist es. Der Assistent von Italienisch II. Der Hübsche und leicht Gestörte.

»Kann ich dich mitnehmen?«

»Nicht nötig, ich hab ihn sowieso verpaßt.«

»Ich weiß, ich kenne die Abfahrtszeiten. Nein, ich meine, soll ich dich nach Rimini mitnehmen? Ich fahre auch hin, Semesterende, Ferien, letzter Sommertermin. Du bist doch aus Rimini, oder?«

Der nächste Zug geht in zwei Stunden. Es ist der 21. Juli, Laura schwitzt, der Rucksack ist schwer, und sie ist völlig am Ende. Sie nickt und geht um das Auto herum, während der Assistent ihr die Tür öffnet.

»So ein Glück«, sagt Laura, während sie sich auf den Beifahrersitz setzt, den Rucksack auf den Boden stellt und zwischen den Knöcheln festklemmt.

»Stimmt«, sagt der Assistent und legt einen kleinen Gegenstand mit viereckiger spitzer Klinge aufs Armaturenbrett.

»Rauchen Sie Pfeife?« fragt Laura abwesend.

»Ja«, sagt er. »Aber keine Sorge ... nicht hier im Auto.«

Das nenne ich Zufall, dachte der Assistent, während er den Rucksack unter dem Beifahrersitz hervorzog, wohin er gerutscht war.

»Ich krieg immer eine Kolitis, wenn ich Prüfung hab«, hatte Laura aus Rimini gesagt und die Hand auf den Bauch gelegt, und bei der ersten Raststätte, Bevano Ost, fast auf Höhe Cesena, hatte er den Blinker gesetzt. Er hatte einen polnischen Reisebus umkurvt, hatte sich zwischen zwei deutsche LKW eingefädelt, einen Kleinbus der Steuerfahndung überholt und sich zwischen zwei identische Kombis gezwängt, beide mit Schlauchboot auf dem Dachgepäckträger. Er hatte Laura hinterhergesehen, die sich Richtung Toilette entfernte, und sich dann auf den Rucksack gestürzt.

Das nenne ich Zufall.

Er wußte, daß die Creberghi einen Haufen Stoff in ihrer Wohnung hatte. Es war nicht ihrer, sie dealte nicht damit. »Ich tue jemandem einen Gefallen«, hatte sie einmal zu ihm gesagt, »ab und zu bewahre ich das Zeug für ihn auf, und er gibt mir ein bißchen ab, damit ich meinen Freunden was anbieten kann.«

Das nenne ich Zufall.

Da passiert ihm so was, also die Frau Professor zu ermorden, und ausgerechnet an diesem Vormittag war eine Studentin bei ihr, die sich vertan hat, die ihren Rucksack dort gelassen und statt dessen einen mitgenommen hat, der identisch aussah. Das hatte er sofort begriffen, als diese drei Bastarde ihm in der Uni einen Besuch abgestattet hatten. Auch während der Fahrt hatten sie darüber geredet, er und das Mädchen ... über den Zufall natürlich, nicht über den Rucksack. »Das ist typisch für mich«, hatte sie zu ihm gesagt, »mein Leben besteht aus lauter Fügungen, doch es sind immer glückliche Fügungen, daß Sie mich mitgenommen haben, zum Beispiel. Ich bin wie Mister Magoo, der Blinde aus den Zeichentrickfilmen, der nichtsahnend spazierengeht, und hinter ihm passiert alles Mögliche, ohne daß er es mitkriegt. Aus Zufall ...«

Tja, der Zufall.

Vier Kilo reinstes Kokain, viertausend Gramm, wenn man die in kleinen Portionen auf den Markt brächte, würde man den durchschnittlichen Jahresumsatz eines kleinen Industriebetriebs erzielen, der in seiner Branche Marktführer ist. Und alles in diesem Rucksack da, abgepackt in kleinen Tüten, weiß und glänzend.

Er blickte gerade noch rechtzeitig auf, um zu bemerken, daß Laura zurückkam.

Zu früh.

Er schloß den Rucksack und ließ ihn vor den Sitz fallen. Das Tütchen, das er noch in der Hand hielt, steckte er in die Tasche.

Er lächelte.

»Ich habe den Rucksack vergessen«, sagte Laura und beugte sich durch das offene Seitenfenster, um ihn herauszuholen. Der Assistent lächelte noch immer, und dabei überlegte er, daß er gerade solange warten würde, bis sie in der Toilette der Raststätte verschwunden wäre, und ihr dann folgen würde. Nur ein Stich, er wußte ja jetzt, wo und wie, und kein Mensch würde etwas mitbekommen.

Laura zog den Rucksack über eine Schulter und lächelte halb. Der Assistent hatte wieder diesen trüben Blick, der ihr ganz und gar nicht gefiel.

Wenn ich einen Wagen aus Rimini sehe, dachte sie, während sie auf die Raststätte zuging, *sage ich ihm, ich hätte Freunde getroffen, und lasse ihn hier stehen.*

Als Laura an dem Kleinbus der Steuerfahndung vorbeiging, im Rucksack viertausend Gramm reinstes Kokain, rasteten die beiden Hunde aus, die weichgekocht von der Hitze auf dem Wagenboden schliefen. Sie begannen zu bellen und sprangen so heftig auf, daß der ganze Kleinbus wackelte.

»Verdammte Scheiße!« rief einer der beiden Steuerfahnder und stieß sich mit dem Hintern vom Kotflügel ab, weil er sich das halbe Lemonsoda über die Hose geschüttet hatte.

»Vielleicht müssen sie mal ...«, sagte der zweite und öffnete die Hecktür.

In diesem Augenblick war Laura fast schon am Eingang zur Toilette. Dafür ging gerade der Assistent am Kleinbus vorbei, den metallenen Pfeifenreiniger in der Hand, einen Finger gegen die Spitze gedrückt.

Die Hunde zögerten, drehten die Schnauzen Richtung Toilette, dann blähten sie die Nasenflügel, sogen kraftvoll die Luft ein und wandten sich dem Assistenten zu, der schlagartig erstarrte und mit der Hand das Tütchen Kokain umklammerte, das er sich vorhin in die Tasche gesteckt hatte.

Und während er von den Hundepfoten zu Boden gedrückt wurde, sah er gerade noch, wie Laura aus Rimini in der Toilette verschwand, den schwarzen Rucksack auf den Schultern, flimmernd im Glast des Asphalts an diesem 21. Juli, nach der letzten Prüfung vor den Sommerferien.

Zweite Woche

Das war nicht ihr Rucksack. Zwar war er fast identisch, er war schwarz wie ihrer und hatte ebenfalls vorn eine Tasche mit Reißverschluß, wie ihrer, aber es war nicht ihrer.

Laura betrachtete ihn, während sie auf der Innenseite der Wange kaute, das Kinn in eine Hand gestützt, deren Ellbogen von der anderen gestützt wurde. Als sie die kleine Tasche vorn geöffnet hatte, hatte sie sofort die Zigaretten entdeckt, ein zusammengeknülltes Papiertaschentuch, ein Taschenmesser, und hätte fast einen Satz nach hinten gemacht, bestürzt über die fremden Dinge, die plötzlich auftauchten und nicht die ihren waren. Die Tasche war offen geblieben, der Reißverschluß halb aufgezogen wie ein zahnloses schiefes Lächeln, wie man es aufsetzt, wenn man auf den Arm genommen wird.

Als sie in der Woche zuvor nach der letzten Prüfung aus Bologna zurückgekehrt war, hatte sie den Rucksack wie gewöhnlich in einer Ecke ihres Zimmers fallen lassen, und dort war er die nächsten sieben Tage liegengeblieben. Sie verwahrte sowieso nichts darin, das sie wirklich gebraucht hätte, er war nur ein Fetisch, ein Glücksbringer, den sie auf jeder Fahrt Rimini-Bologna, Bologna-Rimini, in die Uni, von der Uni mitschleppte. Sie wußte selbst nicht, warum sie ihn jetzt aus der Ecke neben dem Kleiderschrank hervorgeholt hatte, vielleicht um ihn zu leeren, ihn zu ersetzen, ihn auszutauschen, schließlich hatte sogar Bologna inzwischen einen neuen Bürgermeister, wieso sollte sie dann keinen neuen Rucksack haben?

Schon als sie ihn hochhob, hatte sie etwas Seltsames bemerkt.

Er war schwerer als sonst, ein wenig nur, aber schwerer.

Dann hatte sie die Vordertasche geöffnet, nur diese.

Das war nicht ihr Rucksack. Sie mußte ihn bei den Prüfungen aus Versehen an sich genommen haben, ihn mit dem von Anna aus Pesaro oder Paola aus Ferrara oder womöglich mit dem eines Professors vertauscht haben, jedenfalls gehörte der hier nicht ihr.

Warum hatte sie Angst davor, ihn aufzumachen?

Warum betrachtete sie ihn immer weiter, während sie auf der Innenseite der Wange kaute, warum war sie versucht, ihn bei den Trägern zu packen, vom Bett zu räumen und bis September zurück zwischen Wand und Kühlschrank zu stellen?

Sie streckte die Hand aus, strich über den langen Reißverschluß, der wie ein Gleis quer über den oberen Teil des Rucksacks lief, doch sie konnte ihn nicht öffnen, war nur imstande, den kurzen Reißverschluß der Vordertasche zu schließen, was da drin war, wußte sie ja schon.

»Lauraaa! Essen ist fertig!« Die Stimme ihrer Mutter im Treppenhaus ließ sie zusammenfahren. Erst jetzt streckte sie die Hände aus, öffnete den Reißverschluß, steckte die Finger durch die gezähnten Lippen des Beutels und riß ihn auf wie den Mund eines Hais.

Im ersten Augenblick mußte sie blinzeln, fast als wäre sie geblendet von diesem matten Leuchten, dann biß sie sich mit einem Stöhnen auf die Lippen und ließ sich aufs Bett sinken. Ihr erster Impuls war, den Rucksack wieder zuzumachen, doch sie tat es nicht, denn der Impuls, aufzustehen und zu fliehen, nach oben zu rennen und jemanden zu rufen, war stärker.

Sie war fast an der Tür, als das Telefon klingelte.

Verblüfft nahm sie schwungvoll ab, teils weil der Apparat genau vor ihr stand, teils weil dieses Telefon sonst nie klingelte.

Sie hatte nicht die Zeit, etwas zu sagen. Schon beim *H* von *Hallo* wurde sie von einer rauchigen Stimme unterbrochen.

»Tu nichts. Sag nichts. Rühr den Rucksack nicht an. Bleib wo du bist und warte.«

Meine Aufgabe ist es zuzuhören. Das heißt nein, es ist nicht nur eine Aufgabe ... es ist ein Vergnügen. Jeden Morgen setze ich mich an meinen Platz, werfe den Kaffeebecher in den Papierkorb, lasse den Bürostuhl ein bißchen knarren und schalte mit vier Bewegungen meines Fingers sämtliche Geräte an.

Sie heizen die Luft auf, aber das macht nichts, hier ist es sowieso immer heiß, weil man die Klimaanlage nicht einschalten kann, wegen der Interferenzen. Die Geräte brummen, aber ich höre sie nicht, weil ich Kopfhörer aufhabe. Wahrscheinlich züchte ich mir damit einen Elektromagnetkrebs heran, aber das ist mir scheißegal. Jeden Morgen notiere ich oben auf dem Formular das Datum, 28. Juli 2001, und schreibe alles auf, was ich die Leute reden höre. Vor allem aber schreibe ich auf, was ich die Leute *tun* höre.

Aufzuschreiben, was in einer Wohnung gesagt wird, ist einfach, wenn zwei Wanzen im Zimmer installiert sind und ein Richtmikro auf das Fenster gerichtet ist – es ist einfach, aber es macht nicht den geringsten Spaß. Jemand spricht, und du zeichnest es auf. Jemand seufzt, und du zeichnest es auf. Jemand furzt, und du zeichnest auch das auf. Nein, das Schöne an diesem Beruf, was mir daran gefällt, ist herauszufinden, was die Leute tun, wenn sie nicht reden. Die Gesten sehen, die Körperhaltungen, die Gesichtsausdrücke, jenseits meiner weiß verputzten Wand, hinter der gelben des Hauses gegenüber, hinter dem Rolladen, der wegen der Hitze immer heruntergezogen ist.

Aus den Geräuschen läßt sich eine Menge herauslesen. Am Telefon zum Beispiel hört man, ob einer gerade raucht oder nicht. Man hört es an der verhaltenen Pause zwischen zwei Sätzen, wenn einer einen Zug nimmt, und an der Stimme hinterher, die ein wenig matter, verschleierter herauskommt, zusammen mit dem Rauch. Das ist einfach. Aber das ist noch nicht alles. Man kann auch herausfinden, ob für den

Betreffenden das Rauchen wirklich ein Laster ist oder ob er es nur zum Zeitvertreib tut. Dann nämlich, wenn die Pausen unregelmäßig kommen und nicht nach jedem Satz, manchmal mitten in einem Wort, als könnte derjenige es nicht abwarten und als wäre es die Zigarette, die seiner Rede einen Rhythmus vorgibt.

Oder auf der Toilette. Man kann zum Beispiel herausfinden, ob da ein Mann oder eine Frau pinkelt. Kinderleicht, man hört es an der Brille, die rauf oder runter geklappt wird, rauf ist es tonloser, gegen die Wand oder gegen den Klodeckel, runter ist es sanfter, auf das Porzellan ... Doch was, wenn es ein Stehklo ist? Oder eine öffentliche Toilette mit eklig verdreckter Brille, die man lieber nicht berührt? Dann gibt es zwei Möglichkeiten. Erstens kommt es auf das Geräusch an, das auf das metallische Kratzen des Reißverschlusses folgt. Kommt gleich darauf der Strahl und sonst nichts, dann ist es ein Mann. Kommt zuerst das Rauschen des Stoffes, der an den Beinen nach unten rutscht, dann ist es eine Frau. Das zweite ist natürlich die Höhe, aus der der Strahl auf das Wasser in der Toilette trifft ... aber das würde jeder Amateur heraushören.

Die Person zum Beispiel, die ich seit einer Woche belausche, ist eine junge Frau. Daß sie jung ist, so um die zwanzig, erkenne ich an ihrer Stimme. Sie ist ein eher einfacher Typ, Jeans (bei diesen Hosen ist der Reißverschluß widerspenstiger), leichte T-Shirts, leichte Kleider, Einteiler, kein Büstenhalter (ich höre keinen Verschluß klicken), keine Schminke, kein Auftragen von Make up und kein schmatzendes Gleiten von Lippenstift, nur duschen und Zähne putzen. Keine Stiefel, keine hohen Absätze, keine Latschen, leichte Turnschuhe, obwohl ich sie meistens barfuß gehen höre. Am Gang, am leisen Schnalzen der Fersen auf dem Fußboden und an dem Intervall zwischen einem Schritt und dem nächsten meine ich zu erkennen, daß sie ziemlich groß und ziemlich schlank ist. Daß sie hübsch ist, habe ich von mir aus hinzugefügt, denn ich stelle sie mir gern so vor. Groß, dunkle Haare, bißchen schick, hübsch.

Sie verbringt die ganze Zeit in diesem einen Zimmer, und an der Art, wie sie sich bewegt, seufzt oder flucht, wenn sie etwas nicht findet, erkennt man, daß es nicht ihr Zimmer ist. Sie schläft in einem Bett, das nicht ihres ist. Nachts bewegt sie sich viel und stößt mit einem Knie oder mit dem Handrücken an die Wand.

Deshalb, weil sie mir vorkam wie die Gefangene eines Zimmers, das nicht ihres ist, habe ich sie gewarnt. Denn nach all den Jahren in diesem Job habe auch ich mich heute morgen einen Augenblick lang als Gefangener eines Zimmers gefühlt, das nicht meines ist. Vielleicht liegt es auch an der Julihitze, ich weiß nicht. Jedenfalls habe ich sie gewarnt. Es täte mir leid, wenn sie einen Fehler machte und getötet würde.

Laura hob den Kopf und ließ den Blick über die Decke wandern, als käme diese dünne Stimme mit dem etwas heiseren *R* vom Himmel und nicht aus dem Telefon. Das hier war nicht ihr Zimmer. Eigentlich war es nicht einmal ein Zimmer, es war eine Küche, die kleine Küche im Untergeschoß, im Sommer vermieteten ihre Eltern nämlich sämtliche Zimmer der Pension einschließlich Lauras Schlafzimmers, das einen separaten Eingang hatte und ein deutsches Ehepaar beherbergen konnte, das jedes Jahr kam und damit zufrieden war. Im Juli und August lebte Laura in der kleinen Küche, ein winziger Raum, doch in diesem Augenblick kam er ihr riesengroß vor, riesengroß und durchsichtig, ohne Decke und Wände, wie ein Kaufhaus-Schaufenster, dabei war es doch nur die kleine Küche im Untergeschoß.

Sie rannte zum Fenster, ihre nackten Füße schnalzten über den Fußboden, doch durch die halb geschlossenen Leisten des Rolladens konnte sie nur das weiße Haus von gegenüber sehen, das dastand wie immer, die Rolladen wegen der Hitze heruntergelassen. Sie setzte sich wieder aufs Bett, nahm den Rucksack und schlang die Arme darum. Doch dann hörte sie das pralle Rascheln des Inhalts und ließ den Rucksack mit einem Schreckensseufzer zu Boden fallen.

Ich habe Mist gebaut. Das war mir sofort klar, nachdem ich aufgelegt habe. Die Leitung wird abgehört. Ganz deutlich habe ich das Rauschen der Interferenz eines anderen Mikrophons gehört. Jemand, der nicht wir sind, jemand, der nicht ich bin, hört ihr Telefon ab. Und jetzt weiß er durch mich Trottel, daß das Mädchen Bescheid weiß! Sie muß da weg. Sofort.

Das Klingeln ließ sie so heftig die Muskeln anspannen, daß ihre Hände kribbelten. Es hatte am Eingang zur Wohnung geklingelt, nicht an dem zur Pension, der immer offenstand. Von ihrem Zimmer aus konnte Laura nicht hören, wer es war, deshalb verharrte sie in nahezu vollkommener Stille, bis sie im Treppenhaus erneut die Stimme ihrer Mutter hörte: »Lauraaa! Für dich!« Sie sprang auf und rannte aus dem Zimmer, wie sie war, barfuß, in Bikinihose und einem weißen T-Shirt mit vorne und hinten einem Herzen und dem roten Schriftzug *I love Riccione*.

Im Flur drehten sich zwei Männer zu ihr um. Der eine, mit der Jacke über der Schulter, machte den andern auf sie aufmerksam, woraufhin der die Finger unter den schwarzen Stoff eines Poloshirts steckte und in der Hintertasche seiner Hose nach etwas kramte. Es war eine Brieftasche mit einem Ausweis darin.

»Inspektor Raccagna«, sagte er leise, damit man ihn oben nicht hörte, »Polizei. Können wir uns unterhalten?«

Das war keine Frage. Der mit der Jacke über der Schulter schubste sie zurück in die kleine Küche. Ohne sie zu berühren, und doch schubste er sie. Er ließ den Blick über ihre nackten Beine schweifen, kaum eine Sekunde lang, eigentlich eher unabsichtlich, doch Laura war trotzdem verlegen. Ihre Hose lag auf einem Stuhl hinter dem Mann mit dem Poloshirt, der sich auch noch mit einer Hand darauf stützte, weswegen Laura sich erst einmal mit den Sandalen begnügte, und während sie den einen schon in der Hand hielt, verfolgte sie den anderen im Versuch hineinzuschlüpfen mit dem Fuß über den Boden, bis sie gegen den Rucksack stieß. Der Rucksack.

»Vor einer Woche«, sagte Inspektor Raccagna, »wurde in

Bologna ein Mord verübt. Eine Professorin von der Universität. Wir wissen nicht, ob das das Motiv ist, weshalb sie umgebracht wurde, aber offenbar ist aus ihrer Wohnung ein Rucksack verschwunden, so einer wie der da.«

»Er sieht genau aus wie meiner!« rief Laura. »Ich habe ihn aus Versehen mitgenommen! Er sieht genau aus wie meiner, Ehrenwort!« Und weil sie so hastig sprach, spuckte sie eine kleine Speichelblase aus, die auf dem schwarzen Poloshirt des Inspektors landete.

»Das wissen wir«, sagte Raccagna. »Aber beschlagnahmen müssen wir diesen Rucksack trotzdem. Du ... Entschuldigung, *Sie* kommen mit uns aufs Präsidium. Eine Formalität, das ist schnell geregelt.«

»Ja«, sagte Laura und bückte sich instinktiv, um den Rucksack an sich zu nehmen, womit sie dem Mann mit der Jacke um eine Sekunde zuvorkam. »Ich sage meinen Eltern Bescheid und bin gleich wieder da.«

»Nein«, sagte Raccagna schroff, dann noch einmal, sanfter: »Nein. Ist nicht wichtig. Wir sollten sie nicht beunruhigen ... Sie müssen uns nur die Beschlagnahme quittieren.«

Er lächelte.

Laura mochte keine Kriminalgeschichten. Sie las sie nicht, sie schaute sich keine im Fernsehen an, abgesehen von Derrick ab und zu, und sie sah sich keine im Kino an. Dennoch, diese Eile machte sie stutzig. Sie drückte den Rucksack an die Brust, wie sie es immer mit ihrem tat.

»Signorina Laura«, sagte Raccagna. »Wir sind von der Polizei ... wenn Sie wollen, zeige ich Ihnen noch einmal meinen

Ausweis. Wir wissen, daß Sie mit dieser Geschichte nichts zu tun haben, aber Sie haben den Rucksack, und so wie die Dinge stehen ... und außerdem sind Sic in Gefahr. Ziemlich üble Leute sind hinter Ihnen her. Sie haben Sie um ein Haar verfehlt, letzte Woche, als Sie Bologna verließen. Sie sind in Ihre Wohnung gegangen, zu Ihrer Freundin Marta, um nach Ihnen zu fragen, und wahrscheinlich kennen sie auch diese Adresse ...«

Laura öffnete den Mund. Sie wollte sagen: *Sie haben Marta etwas angetan* ..., doch bevor sie den Satz zu Ende formuliert hatte, kam ihr ein anderer Gedanke, und diesen sprach sie auch aus: »Vor einer Woche? Und wieso kommen Sie erst jetzt?«

Der Typ, der die ganze Zeit nichts gesagt hat, zieht seine Pistole. Eine der Wanzen, die ich in dem Zimmer plaziert habe, befindet sich unter dem Rand des Tisches, und der Typ muß sich fast darauf gesetzt haben. Sonst könnte ich nämlich nicht das Knarren des Lederholsters und das metallische Klicken der Automatik hören, die sich löst und die Pistole entsichert.

In ein paar Minuten wird das Mädchen tot sein. Sie werden sie entweder dort erschießen, in dem Zimmer, oder sie bringen sie weg und liquidieren sie im Auto, irgendwo, doch in jedem Fall wird Laura in ein paar Minuten tot sein. Laura. Jetzt kenne ich auch ihren Namen. Ich möchte etwas tun. Ich möchte etwas tun und ihr helfen, aber ich kann nichts tun. Ich möchte ihr zuschreien: »Hau ab!«, doch es gibt nichts, wohinein ich schreien könnte, kein Mikrophon, nur Kopfhörer zum

Hören, mehr nicht. Ich bin ein Stummer mit extrem feinem Gehör, und ich bin vollkommen machtlos.

Unsere Jungs werden nicht rechtzeitig hier sein. Ich habe sie sofort angerufen, als mir klar wurde, daß diese Typen wußten, daß Laura Bescheid wußte, doch sie waren schneller. Sie werden sie einschließlich Rucksack mitnehmen und töten. Ich höre schon das Metall der Pistole, das am Holsterleder und am Hemdenstoff entlangstreift. Noch ein paar Minuten, und sie ist tot.

Und so stehe ich aus meinem Sessel auf, den Kopfhörer noch auf, gehe um den Tisch herum und greife nach dem Zugband des Rolladens. Zunächst übertönt das Geräusch der sich hebenden Holzleisten alles, doch dann höre ich wieder das Zimmer, und während ich ein Bein anwinkele und einen Schuh ausziehe, höre ich das Klicken des Hahns der Pistole, der gespannt wird, Lauras Stimme, die stöhnt: »Aber was ...«, und dann den Schlag, kurz und laut wie ein Donner, als mein Slipper gegen den Rolladen des gelben Hauses knallt, der immer noch geschlossen ist wegen der Hitze.

Einen Augenblick lang herrscht Schweigen, überraschtes Schweigen, gespanntes Schweigen, dann höre ich ein Geräusch, das ich nicht verstehe. Es hört sich an wie eine Ohrfeige, heftig und schnell, doch es ist auch feucht, und in meinen Ohren klingt es nach Leder und Schnur.

Der mit der Jacke zog eine komische Grimasse, die Augen geschlossen und eine Art Kußmund, während er mit den Armen ruderte, um nicht hintüber zu fallen. Lauras Sandale hatte ihn urplötzlich voll auf den Mund getroffen, er hatte sie nicht kommen sehen, denn er war gerade abgelenkt und wollte nachschauen, was da so unerwartet gegen das Fenster geknallt war. Er ließ die Pistole fallen, während Laura den Rucksack unter dem Arm festklemmte wie einen Rugbyball, nach vorn schnellte und mit dem nackten Fuß Inspektor Raccagna zwischen die Beine trat. Zwar verfehlte sie ihn, doch um dem Tritt auszuweichen, machte der Inspektor einen Satz nach hinten, stolperte über den Stuhl und mußte sich am Kühlschrank festhalten, um auf den Füßen zu bleiben.

Laura flog aus dem Zimmer, schoß durch die noch offenstehende Haustür und fand sich auf der Straße wieder, in der kleinen engen Gasse zwischen der Rückwand der Pension *Sayonara*, dem Swimmingpool der Residence *Altomare* und dem Innenhof des Hotels *Marina*. Eine Unebenheit im Asphalt ritzte ihre Fußsohle, doch sie hatte nicht die Zeit zu überlegen, ob sie die Sandale anziehen sollte, oder auch nur den Schmerz zu spüren, denn der mit der Jacke war ihr schon dicht auf den Fersen. Deshalb sprang sie über das niedrige Mäuerchen und rannte mitten durch die Tische der Pension, wobei sie Signora Igea beiseitestieß, die gerade noch sagen konnte: »Ja sag mal, Laura ... was fällt dir denn ein!«, bevor sie von den anderen beiden umgerissen wurde. Der mit der Jacke stieß ein Kind um, das so blond war wie ein Albino, woraufhin ein ganzer Tisch mit Deutschen wie ein Mann aufstand und eine brüllende Barriere hinter Laura bildete, die über ein zweites Mäuerchen sprang und über die nassen Fliesen des Kinderschwimmbeckens der Residence schlitterte.

»Polizei!« hörte sie zwischen den heiseren Schreien der Deutschen heraus, »Wir sind von der Polizei!«, und sie wußte nicht, was sie tun sollte, als sie plötzlich einen Mann auf der Schwelle eines weißen Hauses sah, der mit den Armen fuchtelte und ihr zurief: »Hierher! Hierher!«

Es verblüffte sie, daß er ebenfalls nur einen Schuh anhatte. Sie rannte in seine Richtung und steuerte instinktiv auf ein Auto zu, das gerade neben ihm angehalten hatte und dem jetzt zwei Männer entstiegen. Einer von beiden, der ältere, lächelte ihr mit dem sicheren und ruhigen Blick eines Inspektor Derrick zu.

Die Polizei! dachte Laura, *endlich!* – und sie lief auf Inspektor Derrick zu und hielt ihm den Rucksack hin.

In ein paar Sekunden wird dieses Mädchen tot sein. Ivan hat schon die Pistole mit dem Schalldämpfer unter der Jacke hervorgezogen und wird ihr ins Gesicht schießen, während Alex ihr den Rucksack aus den Händen nehmen wird. Seit einer Woche beschatten wir sie, ich mit meinen Mikrophonen, die anderen beiden, indem sie ihr auf Schritt und Tritt folgen, um herauszufinden, wer hinter ihrem Rucksack her ist. Grigorij will wissen, wer die Dreistigkeit besessen hat, das Ding aus dem Haus der Frau Professor zu stehlen, ich habe zwar zu ihm gesagt: »Das Mädchen hat ihn bestimmt aus Versehen mitgenommen«, aber er wollte das nicht glauben. Dann sind die beiden Typen da gekommen, und Grigorij hat gesagt: »Siehst du, daß ich recht hatte«, und ich habe nichts mehr gesagt. Allerdings haben die beiden den Rucksack nicht sofort aus dem Haus des Mädchen geholt, sondern haben begonnen, sie zu verfolgen, und das war eigenartig. Sie haben sogar ein Mikrophon in ihrem Telefon plaziert, die Trottel, und das hat mich auf den Gedanken gebracht, daß sie Polizisten sind, die jemandem eine Falle stellen. Doch warum wollten sie sie dann umbringen?

Der mit der Jacke hatte sich noch einen Schlag mit dem Schuh eingefangen, dem hochhackigen Schuh mit goldenem Riemchen einer Deutschen diesmal, und war zwischen die Tische gestürzt. Inspektor Raccagni hingegen hatte es geschafft, zwischen zwei Rentnern in neonfarbenen Adidas-Trikots hindurchzuwischen und ebenfalls über das Mäuerchen des *Altomare* zu springen. Und während er die Pistole unter dem schwarzen Polohemd hervorzog, überlegte er.

Er überlegte, daß es keine schlechte Idee gewesen war, nach Zusammenhängen zwischen den Ereignissen in Bologna zu suchen. Eine ermordete Professorin. Ein verschwundener Rucksack. Finstere Gestalten, die eine Studentin bedrohen, um eine Kommilitonin von ihr aus Rimini zu finden.

Er überlegte, daß es keine schlechte Idee gewesen war, niemandem etwas zu verraten; zuzulassen, daß es für den Untersuchungsrichter isolierte Ereignisse blieben und nichts weiter; den Kollegen zu überzeugen, daß es besser war, heute einen Rucksack zu haben als morgen eine kleine Beamtenpension, wenn dann überhaupt noch Pensionen gezahlt werden.

Er überlegte, daß er ein Trottel gewesen war, nicht sofort

hinzufahren, den Rucksack zu holen und zu verschwinden. Abzuwarten, um herauszufinden, wem der Rucksack wirklich gehörte, und ihn dem Besitzer noch einmal zu verkaufen, ob nun der Gang aus der Bolognina, diesem Typ mit der Disneymacke oder der Russenmafia aus Rimini. An und für sich war diese Idee nicht schlecht, nur daß sich eine Woche lang nicht das geringste getan hatte, absolut gar nichts, als würde der Rucksack niemandem gehören. Nicht bedacht hatte er, Trottel der er war, daß die anderen dasselbe tun könnten. Abwarten und beobachten. Bis dieser Anruf alles hatte auffliegen lassen.

Und während er die Pistole durchlud und schußbereit machte, überlegte er, daß er noch immer umkehren und im Nichts verschwinden könnte, doch zuerst mußte er dieses Mädchen erschießen, das seinen Ausweis gesehen hatte. Deshalb streckte er die Arme mit geschlossenen Händen aus, Daumen auf Daumen, wie er es im Lehrgang gelernt hatte, und zielte mit der Beretta auf Lauras Rücken, mitten auf das rote Herz von *I love Riccione*.

Laura spürte einen plötzlichen Schmerz, der sie ein paar Sekunden lang lähmte. Von der nackten Fußsohle aus, genau dort, wo die Unebenheit im Asphalt sie geritzt hatte, ließ ein Steinchen sie bis in die Haarwurzeln erschauern. Unwillkürlich bückte sie sich, um den Knöchel zu umfassen, und in diesem Augenblick schoß Inspektor Raccagna.

Rimini im Chaos, titelten die Zeitungen am 29. Juli, *Schießerei bei Hotels*.

Die 9x19mm-Kugel aus Raccagnas Dienstpistole traf Alex mitten ins Gesicht und schleuderte das, was von seinem Schädel übrigblieb, gegen die Karosserie des Autos, aus dem er gerade stieg, knapp oberhalb der Tür. Ivans 222er-High-Speed-Remington riß dem Inspektor ein Ohr ab, denn als er den Blick von Laura ab- und dem Inspektor zugewandt hatte, war Ivan zu hastig gewesen und hatte keine Zeit zum Zielen gehabt. Der zweite Schuß jedoch traf den Inspektor ins Auge, Blattschuß. Während Raccagna zu Boden sank, prasselten alle neunzehn Schuß aus der Beretta des anderen Polizisten, dem mit der Jacke, gegen das Auto, ließen Seitenfenster und Windschutzscheibe explodieren und schleuderten Ivan gegen die Wand des weißen Hauses. Der Mann an der Tür, der mit dem einen Schuh, feuerte seine 38er auf den Polizisten ab, und auf dem Socken hüpfend packte er Laura, die sich gebückt, die Hand am Knöchel und wundersamerweise unverletzt, mitten auf der Straße wie ein Kreisel drehte.

»Laß uns abhauen!« rief er ihr zu. »Laß uns abhauen!«

Er packte sie am Arm, rannte los und zerrte sie hinter sich her. Er hielt erst inne, als sie im Hof hinter dem Haus waren, stieß sie in ein Auto und sprang auf den Fahrersitz.

Laura stand unter Schock. Sie murmelte: »Polizei, Polizei ...«, während der andere ihr zulächelte und nickte: »Äh ja, natürlich...«

Ganz langsam kam sie wieder zu sich, aber da waren sie schon auf der Autobahn. Sie wurde sich plötzlich bewußt, daß sie mit einem Unbekannten mit nur einem Schuh zusammen war, mit dem sie davonlief, ohne zu wissen vor wem.

Daß sie halb nackt war, mit einer Sandale in der Hand und einem T-Shirt, auf dem vorn und hinten *I love Riccione* stand. Und daß sie mit ihren Armen fest, ganz fest einen Rucksack umklammerte, in dem sich viertausend Gramm Kokain befanden.

Sie riß den Mund auf und begann zu schreien.

Dritte Woche

Wie ist es möglich, daß ein braves Mädchen im zweiten Studienjahr Literaturwissenschaft, Tochter eines Pensionsbesitzers aus Rimini, hübsch und ein bißchen klosterschülerinnenhaft, mit einem Unbekannten über die Autobahn fährt, halb nackt, in einem T-Shirt mit der Aufschrift *I love Riccione* und die Arme um einen Rucksack geschlungen, in dem sich vier Kilo Kokain befinden? Vor allem aber: Wie ist es möglich, daß dasselbe brave Mädchen im zweiten Studienjahr und so weiter und so fort eine ganze Woche später immer noch halb nackt und immer noch mit dem Rucksack in den Armen immer noch über die Autobahn fährt, allerdings mit einem anderen Unbekannten, als Zigeunerin verkleidet, dösend auf dem Rücksitz eines silber-schwarzen Kleinbusses mit der Aufschrift MAGIC AZNAN EROTIC SHOW?

All das fragte sich Laura selbst, während sie in der glühend heißen Luft aus der defekten Klimaanlage und unter der unbarmherzigen Sonne dieses 4. Augusts schmorte, die Augen halb geschlossen, die nackten Beine auf der Lehne des Vordersitzes, über dem Spann eines Fußes ein Band mit silbernen Glöckchen, die jedesmal bimmelten, wenn der Lieferwagen den Gang einlegte und ein paar Meter weiter auf die Mautstelle San Lazzaro-Bologna zukroch.

(eine Woche zuvor)
Daß der Unbekannte blutete, hatte sie erst bemerkt, als er eine Hand ausstreckte, um den Zündschlüssel zu drehen und den Motor auszustellen. Die ganze Fahrt von Rimini bis zur Autobahnauffahrt und von der Mautstelle bis zur ersten Raststätte über hatte Laura nur geschrieen: »Halt an halt an!«, und: »Laß mich aussteigen laß mich aussteigen!« Doch jetzt, da der Mann geradewegs den Parkplatz angesteuert und sich auf den letzten Platz unter dem Vordach gezwängt hatte, saß sie wie erstarrt da und wußte nicht mehr, was sie tun sollte. Von der Hand, die den Schlüssel gedreht hatte, tropfte Blut, und als der Mann sie an den Hals legte, flogen ein paar Tropfen auf Lauras *I love Riccione*-T-Shirt.

Er muß bei der Schießerei vor der Pension ihrer Eltern verletzt worden sein, überlegte Laura.

Der Unbekannte versuchte sich aufzurichten, doch es gelang ihm nur, sich auf eine Seite zu drehen, steif wie ein kranker Fisch. Er öffnete den Mund, um zu sprechen, doch nur ein heiseres Stöhnen kam heraus, das sein Gesicht zu einer schmerzvollen Grimasse verzerrte. Er streckte die rechte Hand aus und strich mit den Fingern über einen Notizblock, der mit einem Saugnapf am Armaturenbrett befestigt war.

»Was willst du?« fragte Laura. »Willst du das hier?«

Sie löste den Block und hielt ihn dem Unbekannten hin, doch der nahm ihn nicht, sondern ließ ihn auf Lauras offener Handfläche liegen, zog den Stift aus der Spirale und schrieb etwas auf das blutbefleckte Papier. Drei Wörter.

»Was für eine Sprache ist das?« fragte Laura. »Ich verstehe nicht ...«

Der Mann biß die Zähne zusammen und knurrte. Seine Hand ließ den Stift in der Luft kreisen, dann versuchte er auch die andere zu heben, es gelang ihm aber lediglich, die Schulter hochzuziehen. Laura begriff und betrachtete die Wörter auf dem Block genauer. Sie waren nicht aus einer anderen Sprache. Es war Italienisch, das krakelige Italienisch eines Menschen, der Linkshänder ist und nur die rechte Hand bewegen kann.

»Entschuldige«, sagte Laura. Dann: »*Zitroneneis, Handtuch, Badelatschen* ... was soll das bedeuten?«

Der Unbekannte drehte sich wieder auf die linke Seite, bog den Rücken durch und streckte Laura seinen Hintern hin. Er knurrte vor Wut, weil sie nicht begriff, dann gelang es ihm, die Brieftasche halb aus der Hosentasche zu ziehen, und als Laura sie endlich ganz herauszog, seufzte er.

»Und was jetzt?« fragte Laura. »Soll ich zur Raststätte gehen und dir ein Eis, ein Handtuch und Badelatschen kaufen?«

Und dabei dachte sie: *Er phantasiert, die Wunde läßt ihn phantasieren, er glaubt, er wäre am Strand.*

Der Mann stieß mit dem Handrücken die Brieftasche gegen Lauras Hände. »Okay« sagte sie und stieg aus.

Draußen herrschte eine Affenhitze. Die Luft über dem glühenden Asphalt der Tankstelle schien zu brodeln. Während sie auf die Raststätte zuging, öffnete Laura die Brieftasche des Unbekannten und sah, daß im langen Fach drei Scheine zu zehntausend steckten, dreißigtausend Lire, sowie der Bon einer Bar in Rimini, Kaffee 1, Brioches 2, Min.was. 1. Im kleineren Fach, unter einem Fenster aus durchsichtigem Plastik, steckte der Führerschein. Sie zog ihn heraus und sah, daß der Unbekannte Dimitri Cantelli hieß und daß er Italiener war, auch wenn er 1965 in Odessa geboren wurde.

Die klimatisierte Luft der Raststätte hauchte ihr neues Leben ein und ließ sie schlagartig wieder klar denken. Sie steuerte auf die nächste Kasse zu, zog zehntausend Lire aus Dimitris Brieftasche und verlangte eine Telefonkarte.

»Zu zehntausend?«

»Zu fünftausend.«

»Es gibt nur welche zu zehn.«

»Dann nehme ich die.«

Die Telefone waren zwischen der Theke und dem Regal mit den Keksen eingezwängt, und im Bemühen, vor einer Signora, die so braun war, daß sie orange wirkte, dort anzukommen, bog Laura ein bißchen zu scharf um die Ecke und stieß ein Paket Ringos herunter. Sie steckte die Karte in den Apparat und wählte rasch die Nummer ihrer Eltern, die Augen starr auf das Display geheftet, um zu überprüfen, ob es die richtigen Zahlen anzeigt.

»Laura! Mein Gott, Laura! Wo bist du? Wir sind so in Sorge, Papa sucht ganz Rimini nach dir ab. Was hast du getan, die Polizei ist auch da!«

Abrupt hängte Laura ein, instinktiv, noch bevor sie wußte, warum.

Dieses Wort, *Polizei*.

Die beiden, die gekommen waren, um den Rucksack abzuholen, und auf sie geschossen hatten, waren auch Polizisten gewesen. Polizisten. Laura mochte keine Kriminalgeschichten, aber sie hatte mal einen Freund gehabt, der total auf Thriller abfuhr, und bevor sie ihn verließ, hatte sie x Abende vor Blockbustervideos verbracht. Sofort lief vor ihrem inneren Auge ein Film ab: *Der einzige Zeuge* mit Harrison Ford, der von seinen korrupten Polizeikollegen bedroht wird und zu den Amish flieht, und die Berichte in den Fernsehnachrichten über die Bande mit dem weißen Fiat Uno, deren Mitglieder sich schließlich als Polizisten entpuppten. Sie konnte nicht die Polizei rufen, sie konnte keinem Polizisten vertrauen, nicht einmal den beiden Beamten der Verkehrspolizei, die vom Kaffeeregal zu ihr herüber sahen, ein wenig mißtrauisch, weil sie den Hörer auf die Gabel geknallt hatte.

»Mein Freund«, sagte Laura, »dieser Blödmann.«

»Das kann man von mir nicht behaupten«, sagte der jüngere der beiden. »Ich bin ein Goldjunge.«

Der silber-schwarze Kleinbus legte wieder den Gang ein, und die Glöckchen an Lauras Fußband klingelten erneut, doch das Klingklingkling wurde sofort überdeckt vom tonlosen

Aufstöhnen eines Lastwagens, der neben ihnen bremste. Sie kamen im Schrittempo voran, Meter für Meter, um gleich wieder stillzustehen. Eine Fliege schwirrte im Innenraum herum. Sie wollte nicht hinaus, trotz der offenen Fenster, und schien sich einen Spaß daraus zu machen, über Lauras verschwitzte Beine zu hüpfen, über ihre Knie zu krabbeln, einen Augenblick lang auf dem bordeauxfarbenen Leder der Sitze innezuhalten, um dann wieder von vorn anzufangen.

Laura stöhnte durch die geschlossenen Lippen und rieb die großen Zehen gegeneinander, genervtes Gebimmel. Magic Aznan nahm eine Hand vom Lenkrad, streckte sie nach hinten und legte sie auf Lauras nackten Fuß, klammernd wie eine Kralle und feucht wie eine nasse Pfote. Laura zuckte zusammen und traf ihn mit dem Fußrücken so hart am Ohr, daß sein Kopf zur Seite gestoßen wurde.

»Aua!« rief der Magier. »Wenn du das noch mal machst, schmeiß ich dich raus, sobald wir in Bologna sind.«

Wenn wir nur schon da wären, dachte Laura, ohne die Augen zu öffnen, *wenn wir nur schon da wären.*

Dimitri wollte nicht an den Strand fahren und er phantasierte auch nicht. Sobald Laura wieder im Auto saß, nahm er ihr das Eis aus der Hand, riß das Papier ab und fuhr sich mit dem Eis über den Hals, als wäre es ein Schwamm, hin und her, und dabei biß er die Zähne zusammen und stöhnte wegen der betäubenden Wirkung des Eises und der desinfizierenden Wirkung der Zitrone auf. Als er fertig war, sah das Zitroneneis aus wie ein Kirscheis, und als Dimitri sich mühsam aus dem Fenster lehnte und es hinauswarf, sah Laura an der linken Seite des Halses, unterhalb des Genicks, ein kleines Loch, das zu dem noch kleineren und runderen paßte, das er vorn hatte, unter dem Kinn. Dimitri hielt inne, um Atem zu schöpfen, dann begann er sein Hemd aufzuknöpfen und machte ihr Zeichen, ihm zu helfen. Nun saß er im Unterhemd da, das nur am Träger ein wenig mit Blut beschmiert war, und wickelte sich mit ihrer Unterstützung das Handtuch um den Hals, wodurch er einen improvisierten Verband erhielt, halb medizinische Halsmanschette und halb Handtuch à la Rocky Balboa nach dem Training, der aber in jedem Fall sauberer und weniger auffällig war als der mit Blut getränkte Hemdkragen. Verblüfft saß Laura da, die Badelatschen in der Hand, dann sah sie, daß Dimitri nur einen Schuh anhatte sowie eine Socke, die auf der Flucht im Kugelhagel vom Asphalt zerfetzt worden war. Dimitri zuckte mit den Achseln, und Laura verstand. Sie beugte sich unter das Lenkrad, streifte Schuh und Socke ab und zog ihm die Latschen an.

Danke, hauchte Dimitri, sein Atem kratzte in der Kehle.

»Keine Ursache«, sagte Laura. »So, jetzt fallen wir nicht mehr so auf. Wir sehen zwar aus wie zwei Albaner, die gerade vom Boot gehüpft sind, aber wir fallen weniger auf. Jetzt will ich aber wissen, was passiert ist! Warum die auf mich geschossen haben und was ich hier auf der Raststätte Rubicone zu suchen habe, zusammen mit einem Russen mit Schußwunde am Hals! Was ist?«

Ohne es zu merken, hatte sie die Stimme erhoben, doch das konnte es nicht sein, was Dimitri so erschreckt hatte. Sie folgte seinem Blick und merkte, daß er sich auf die Telefonkarte heftete, die sie in der Hand hielt.

»Es ist eine zu zehntausend«, sagte sie törichterweise, »zu fünftausend gab es keine. Ich hab sie trotzdem gekauft ... was ist?«

Dimitri schluckte, als würde er sich auf eine große Anstrengung vorbereiten. Er machte Laura ein Zeichen, näherzukommen, schloß die Augen und stieß den Atem aus.

Zu Hause angerufen?

»Ja«, sagte Laura, »natürlich, ja ... aber ich habe nicht gesagt, daß wir hier sind, Ehrenwort! Ich habe gleich wieder aufgelegt ...«

Sie kriegen es trotzdem raus. Wegfahren.

»Okay«, sagte Laura und streckte die Hände aus, um ihn unter den Achseln zu packen und auf den Beifahrersitz zu hieven. »Ich fahre, ich habe den Führerschein, ich fahre zwar nicht oft, aber ich besitze einen ... was ist denn noch?«

Dimitri war erstarrt, er preßte die Schultern gegen den Sitz.

Nicht dieses Auto. Finden sie sofort. Anderes Auto.

Laura runzelte die Stirn: »Ein anderes Auto? Und wo kriegen wir ein anderes Auto her?«

Dimitri kniff die Augen zu und riß den Mund auf, als wollte er sich die Kehle aus dem Hals schreien, doch es kam nichts heraus. Er streckte die Hand nach dem Notizblock aus und schrieb. Nur ein Wort.

»Stehlen?« fragte Laura, noch bevor er fertig war. »Stehlen? Du bist verrückt!«

Aznan drückte die Arme durch und reckte sich, und als er dabei mit dem Handgelenk Lauras Fußsohle berührte, nahm er sie hastig zurück und zog instinktiv den Kopf ein. Als dieses Mädchen angerannt gekommen war und ihn gebeten hatte, sie mitzunehmen, hatte er gedacht, sie sei wie geschaffen für ihn. Hübsch genug, um Samantha zu ersetzen, die ihn in Ancona sitzengelassen hatte, weil er seine Hände nicht bei sich behalten konnte. Helle genug, um bis zur Show in der Disko *Pamela* in Borgo Panigale noch den Trick mit der Rotlichttaube zu lernen. Unerfahren genug, damit er sie während der Matinée im VideoEmilia rumkriegen und bumsen könnte. Aber: Fehlanzeige. Sie war schlimmer als Samantha.

Er meinte sogar gesehen zu haben, wie sie zusammen mit ihren alten Kleidern auch eine Pistole in die Tüte gestopft hatte.

Dimitri hatte noch geschrieben, sie solle vorsichtig sein, sich irgendwo verstecken und sorgfältig auswählen. Das richtige Auto mußte möglichst abgelegen geparkt und mindestens auf einer Seite verdeckt sein, am besten von einem LKW oder Lieferwagen. Die Insassen mußten gerade erst ausgestiegen sein, aber vor allem mußten Kinder dabei sein, am besten mehr als zwei. Wer mit Kindern reist, verliert in Raststätten eine Menge Zeit, sie müssen auf die Toilette, wollen eine Cola, gucken sich die Spielsachen an, und das verringert das Risiko, überrascht zu werden. Zu hoffen, daß eine Tür offenbleibt, ist allerdings sinnlos, das tut niemand, instinktiv. Besser die Kerze.

Mit einer solchen Kerze in der Hand, genauer gesagt einer Zündkerze, die sie aus dem Motorraum von Dimitris Auto geholt hatte, stand Laura nun zitternd vor einem Volvo Kombi, dem gerade eine dänische Familie entstiegen war. Zuerst hatte sie ein Mailänder Paar mit zwei Töchtern auserkoren, doch eins der Mädchen war zurückgekommen, und kurz darauf auch das andere, mit einer kreischenden Mutter: »Ihr habt's ja so gewollt, aber wenn ihr euch nachher in die Hose macht ...« Deshalb hatte sie weiter gewartet, und als sie den Volvo neben dem Laster halten sah, hatte sie zu zittern begonnen.

In ihrem ganzen Leben hatte sie noch nichts gestohlen, kein Buch bei Feltrinelli, keine Schallplatte bei Nannucci, nichts, nicht mal eine Kirsche. Und ein Auto schon gar nicht. Ein Auto! Dann fiel ihr Blick auf das Nummernschild, vielleicht sind dänische Kinder anders als italienische, dachte sie, und wollen keine Cola, sondern marschieren in Reih und Glied auf Toilette, so daß keine Zeit zu verlieren war, also hob sie den Arm auf Höhe der Taille und warf die Kerze, wie Dimitri es ihr erklärt hatte, kraftvoll und schnell, aus kurzer Entfernung. Das Seitenfenster des Volvo zersprang mit einem Knall und stürzte herab wie ein Regen aus gläsernen Sternen.

Dimitri erwartete sie beim alten Auto, in Badelatschen und mit Handtuch. Er sprang in den Volvo, während Laura im Leerlauf Vollgas gab, daß es lärmte wie ein Traktor, denn sie war froh, daß es ihr überhaupt gelungen war, die Zündkabel nach Dimitris Anleitung kurzzuschließen.

»Wohin soll ich fahren?« fragte Laura, dann wurde ihr bewußt, wie töricht diese Frage war. »Ich Dummkopf«, sagte sie, »geradeaus, natürlich, so weit weg wie möglich.«
Nein, sagte Dimitri.
Nächste Raststätte.
Nicht weiter.

Kling kling kling.
Noch ein Meter, und wieder bremsen.
Laura hob die Schultern vom Sitz und schauderte, weil der Schweiß auf dem Rücken sofort eiskalt wurde. Obwohl sie nur einen knappen Bolero mit folkloristischen Fransen, einen Minirock im Lumpenlook und ein Fußband trug, fühlte sie sich wie in einen Schleier aus warmem, klebrigem Schweiß eingehüllt.

Ihr fiel die erste Nacht ein, die sie im Auto verbracht hatte, neben sich einen Dimitri, der von Fieber glühte wie ein Ofen. Sie hatten den für Lastwagen reservierten Bereich angesteuert, so nah an den Müllcontainern hinter der Raststätte, daß sie selbst wie ein Müllcontainer aussahen. Dimitri war wieder etwas zu Stimme gekommen, und manchmal konnte er sogar fast richtig sprechen.

Er erzählte ihr, das Kokain gehöre Grigorij, der in Riccione wohne und ein *Vor v zakone* sei, ein »Dieb im Gesetz«, wie die russischen Mafiosi einander nennen. Grigorij hatte den Stoff von einem Gangster aus Bologna gekauft, der sich wiederum eines durchgeknallten Dealers bediente, der total auf Walt-Disney-Comics abfuhr, aber irgendwie war der

Stoff verschwunden. Grigorij, der ihn schon bezahlt hatte, war stinksauer, und wenn Grigorij stinksauer wird, gibt's Ärger.

Irgendwann hatte Grigorij herausbekommen, daß Laura den Stoff hatte, und da er sich nicht erklären konnte, was ein braves Mädchen im zweiten Studienjahr Literaturwissenschaft und so weiter und so fort mit dieser Geschichte zu tun hatte, war er mißtrauisch geworden und hatte erstmal abgewartet.

Dann war die Polizei gekommen, allerdings eine komische Polizei, die sich nicht verhielt, wie die Polizei sich normalerweise verhält.

Und deshalb konnten sie diese Autobahn nicht verlassen. Weil bei Laura zu Hause, bei Dimitri zu Hause, im Studentenwohnheim in Bologna, jenseits der Mautstelle, und zwar jeder beliebigen Mautstelle von hier bis Mailand oder Bari, einer von Grigorijs Leuten oder einer von diesen komischen Polizisten warten konnte. Sie mußten sich verstecken, bis sich die Wogen geglättet hatten.

Und wo sollten sie sich verstecken?

Na dort, auf der Autobahn. Wieso nicht?

In dem Volvo hatten sie den Führerschein eines gewissen Herrn Karlheinz Hønespegel, fünfzigtausend Lire in bar, Travellerschecks und ein paar dänische Kronen gefunden. Die Travellerschecks und die Kronen waren unbrauchbar, und die Lire waren schnell für Abendessen, Frühstück und Mittagessen am nächsten Tag draufgegangen.

Die Kleider waren unbrauchbar. Frau Hønespegel hatte den Leibesumfang eines Bierfasses, Laura hätte sechsmal in ihre Sachen hineingepaßt. Dimitri, der zierlich und schmächtig war, hatte es geschafft, in eine Kindershorts zu schlüpfen, und so, in Badelatschen und Bermudas, sah er immerhin ein bißchen weniger wie ein Albaner aus als vorher.

Nachdem das Geld der Dänen aufgebraucht war, klaute Laura fünf Räucherkäse und eine Kette Minisalamis. Es waren die einzigen Waren, bei denen es ihr gelang, das magnetische Etikett von der Verpackung abzureißen, damit am Ausgang kein Alarm ausgelöst wurde. Zum Trinken benutzten sie das Eimerchen der Kinder: Laura ging damit auf die Damentoilette und füllte es mit Wasser.

Blieben zwei Riesenprobleme: Grigorij und die Polizei. Die gute, die hinter dem dänischen Auto her war, und die böse, die hinter Lauras Koks her war. Sie würden sich nicht ewig hinters Licht führen lassen. Anfangs würden sie draußen suchen, dabei aber stets die Mautstellen überwachen, man weiß ja nie, dann würden sie irgendwann auf die Idee kommen, daß sie vielleicht drinnen geblieben waren, auf der Autobahn. Es war nur eine Frage der Zeit. Doch Dimitri meinte: Nein. Keiner von den dreien sei so schlau. Es sei nur eine Frage der Zeit, irgendwann würden sie von der Autobahn abfahren.

Und dann war da noch Dimitri. Laura hatte ein zweites Handtuch stehlen müssen, denn ab und zu begann die Wunde wieder zu bluten, und nachts glühte Dimitri heißer als der Asphalt um zwölf Uhr mittags. Und er konnte seine linke

Hand noch nicht vollständig wieder bewegen. Er brauchte Medikamente, doch das einzige, was es auf Raststätten nicht gab, war ausgerechnet eine Apotheke. Laura war eine geschickte Diebin geworden, sie war sogar in die Fahrerkabine eines Lasters eingestiegen, doch abgesehen von Pflastern, Alka Seltzer und Präservativen hatte sie dort nichts gefunden. Und außerdem durfte auch sie sich nicht zu oft blicken lassen, denn eines Abends hatte sie im Fernseher, der über der Ausgabetheke des Pizza-Schnellrestaurants hing, in den Nachrichten ihr eigenes Gesicht gesehen.

In der Nacht des dritten Tages wechselten sie die Raststätte. Im Morgengrauen wollten sie ein anderes Auto stehlen und von der Autobahn abfahren, doch sie ließen sich entdecken.

Kling, kling, kling.
Laura fiel die erste Nacht neben Dimitri ein.
»Und du? Was hast du mit dieser Geschichte zu tun?«
Ich bin ein Vor v zakone. Fast. Ich arbeite für Grigorij. Ich habe zugehört.
»Und wem hast du zugehört?«
Dir. Ich habe dir zugehört.
»Und warum hast du mir geholfen?«
Dimitri öffnete den Mund, doch die Stimme versagte ihm. Vielleicht war sie schon wieder ermattet, daher zuckte er nur mit den Schultern und lächelte.

Laura hatte gerade die Zündkerze des Volvos gegen die Scheibe eines Mercedes geschleudert, als ein rotäugiges Monster mit dem Gebrüll eines wildgewordenen Drachen zum Fenster stürzte. Es war ein Hund, ein Hund, der im Auto schlief, schwarz wie das Leder der Rückbank, und dazu war es ein Rottweiler. Laura machte einen Satz zur Seite, um dem Hund auszuweichen, der aus dem Fenster sprang und auf den Volvo zu rannte, aus dem gerade Dimitri ausstieg, krumm und blutend, die Pistole in der Hand.

»Keine Bewegung!« schrie jemand, und Laura warf sich in das Gras neben dem Parkplatz, hinter eine Telefonzelle, und erwartete, daß im nächsten Moment eine Schießerei losging.

Doch nichts geschah.

Unbemerkt hatte Dimitri durch das andere Fenster die Pistole ins Gras geworfen und war mit erhobener Hand ausgestiegen. Vor ihm standen ein Streifenwagen der Polizei, ein Beamter mit gezogener Waffe und ein zweiter, der versuchte, sich nicht von dem Hund zerfleischen zu lassen.

»Hab ich dich erwischt!« sagte der Polizist mit gezogener Waffe. »Was ist, bist du blöd? Stiehlst in Rubicone ein Auto und hältst in Santerno an?«

»Verdammt, Tonino!« rief der andere. »Der Köter hier frißt mich bei lebendigem Leib!«

Dimitri nahm seine Hand vom Kopf und winkte damit, als wollte er sich von jemandem verabschieden.

Sobald sie weg waren, war Laura aufgestanden, hatte die Pistole an sich genommen, und als sie den Lieferwagen des Magiers Aznan sah, der so irre aussah, daß niemand auf der

Welt ihn verdächtigen würde, war sie darauf zugelaufen und hatte gefragt, ob sie mitfahren könne.

Kling, kling, kling.
　Mautstelle San Lazzaro.
　Laura nimmt die Füße vom Sitz, richtet sich auf und drückt den Rücken durch. Dann beugt sie sich nach vorn und berührt mit den Lippen das Ohr des Magiers.
　»Sobald wir in Bologna Zentrum sind, läßt du mich raus, ja?«
　»Alles klar«, sagt der Magier und denkt an dieses Ding unter den Kleidern, das aussah wie eine Pistole.

4. August

Pacio kannte Nirvana. Nirvana war ein Freund von Bambulè, der wiederum wußte, wo Tossico zu finden war. Tossico war der Bruder von Acido, der immer mit Neuro zusammenhing, der ein gutes Wort bei der Frau einlegen konnte, die ihnen sagen konnte, wo sie Pelo fanden. Denn sie interessierten sich für Pelo, nicht für Tossico, Acido, Neuro, Bambulè, Nirvana oder die Frau, nur für Pelo.

»Was willst du denn von dem? Der Typ ist nicht koscher.«

»Es ist besser, wenn ich es dir nicht sage.«

»Ich will's aber wissen.«

»Weil mir aus Versehen ein Rucksack mit vier Kilo Kokain in die Hände gefallen ist, hinter dem eine Gruppe russischer Mafiosi und eine Bande korrupter Polizisten her sind.«

»Okay, ich will's nicht wissen. Reden wir von was anderem.«

Pacio war groß und behaart, im rechten Augenwinkel hatte er mehrere Piercings und auf der Zunge ein Kügelchen, das ihn beim Reden zu behindern schien. Laura hatte ihn bei einer Prüfung kennengelernt, eine dieser Prüfungen, bei denen du vor Angst mit jedem Dahergelaufenen Busenfreundschaft schließt. Ein paar Monate später war sie ihm in der Uni wiederbegegnet, und sie hatten sich erstaunt angesehen, fast wie zwei Ex-Geliebte, die sich nach langer Zeit wiedersehen, wie Fremde, die sich das gar nicht mehr erklären können. Sie ganz das Mädchen aus anständigem Hause, hübsch, bißchen schick und strebsam. Er ganz der Autonome, mager, drogensüchtig und crustpunkmäßig. Schon möglich, daß sich beide bei Montagnola einkleideten, allerdings bestimmt nicht in der gleichen Abteilung.

Um ihn aufzutreiben, hatte Laura zu Hause in Rimini anrufen müssen.

Drei Gespräche.

Das erste aus einer Telefonzelle, mit ihrer Mutter, ganz kurz, gerade lang genug, um zu sagen: *Mir geht's gut, reg dich nicht auf, mir geht's gut, ruf Papa und sag ihm, er soll neben dem Telefon warten.* Das zweite eine halbe Stunde später, aus einer anderen Zelle, mit Papa: *In meinem Zimmer liegt ein Buch über England im Viktorianischen Zeitalter, geh es holen.* Das dritte, nach einer weiteren halben Stunde, aus einer Bar: *Da steht ein Name drauf, Pacio, und eine Telefonnummer, wie lautet die?* Beim vierten Mal rief sie Pacio an, in Pilastro: *Hör zu, ich weiß nicht, ob du dich an mich erinnerst, aber ich habe noch ein Buch von dir, soll ich es dir zurückgeben?*

Als sie auf ihn zukam, hatte Pacio Mühe, sie in diesen Zigeunerklamotten wiederzuerkennen. Als sie aber anfing, völlig rätselhaftes Zeug daherzureden, begriff er sofort, daß sie nicht nur gekommen war, um ihm das Buch zurückzugeben. Er lieh ihr ein paar Anziehsachen seiner Schwester: *Tut mir leid, aber zur Zeit fährt sie voll auf diesen superdämlichen Sexbombenlook ab,* ein Leopardentop, das gerade mal die Brüste bedeckte, Schlaghose mit ziemlich niedriger Taille, silberne Schuhe mit Keilabsatz und eine Insektenaugenbrille, und so zogen sie los, um Pelo zu suchen.

»Nicht, daß das was Neues wäre in Bologna ... Diese Stadt ist schon vor ziemlich langer Zeit kleinkrämerisch geworden, vielleicht war sie es sogar schon immer. Weißt du, wenn du nicht aufpaßt, dann ist auf einmal alles verrammelt und leergeräumt, und statt in dem Laden, in dem die Post abgeht, stehst du plötzlich in einer Metzgerei ...«

Laura hörte nicht zu. Sie dachte an das, was sie von Pelo wollte.

So war sie inzwischen geworden. Direkt und konkret war sie immer gewesen, aber auch ein bißchen vage, sorglos in den Wolken schwebend und mit all diesen Kindermacken: auf dem Bürgersteig nicht auf die Fugen treten, noch einen Schnörkel unter die Unterschrift kritzeln, dieses gräßliche Kissen mit der Aufschrift »Schlaf gut, Kätzchen«, das ihr erster Freund ihr geschenkt hatte und das immer noch auf ihrem Bett in Rimini lag. Ein kleines braves bodenständiges kleines Mädchen, das vor dem Einschlafen immer die Gebete aufsagte, die es als Wichtel bei den Pfadfindern gelernt hatte.

Bis vor drei Wochen zumindest. Doch jetzt stapfte sie mit den superhohen Keilabsätzen ihrer silbernen Sandalen über die Fugen zwischen den Zementplatten des Bürgersteigs und dachte nur an das, was sie von Pelo wollte. Sich sagen lassen, wem die vier Kilo Kokain gehörten, sie demjenigen zurückgeben und wieder nach Hause gehen.

Es kam einem gar nicht vor wie im August. Die Stadt war heiß und schwül, wie nur Bologna sein kann, dennoch wimmelte es von Leuten, vor allem in der Innenstadt. An der Einmündung in die Via del Pratello stand eingekeilt ein Bus und hupte ein Auto an, das den Weg zugeparkt hatte. Aus dem Augenwinkel sah Laura eine Frau, die angerannt kam und die Tür öffnen wollte, und einen Mann, der aus dem Bus stieg und sie daran hinderte: »O nein, Sie bleiben hübsch hier und kassieren einen saftigen Strafzettel!«

»Gott, ist diese Stadt hysterisch geworden«, brummte Pacio. »Da, hier wohnt Pelo.«

Schon als kleines Kind, mit drei oder vier Jahren, ich konnte noch nicht lesen, aber die Figuren habe ich genau erkannt, es muß was mit dem Pinselstrich zu tun gehabt haben, mit der Farbe vielleicht, schwarz weiß rot gelb silber, das erste »Mickey Maus«-Heft, das ich gekauft bekam, war eine Weihnachtssonderausgabe mit silbernem Umschlag. Seit damals habe ich nicht eines verpaßt, einschließlich der Themenhefte. Dabei lese ich sie gar nicht mehr, ich habe keine Zeit, ich kann nicht bei den Bildchen verweilen, sondern überfliege sie, von links oben nach rechts unten, ohne die Wörter in den Sprechblasen zu lesen, genau wie damals, als ich ein Kind war. Vielleicht liegt es daran, daß man sich mit zunehmendem Alter zurückentwickelt, wieder Kind wird, auch wenn man auf die falsche Weise altert, wie ich, denn ich bin noch nicht alt, ich fühle mich nur so. Es ist der Ärger, der dich altern läßt, all die Probleme, die gelöst werden müssen, tagaus, tagein. Man denkt, man hat alles organisiert, alles läuft wie geplant, und dann geht immer irgend etwas schief. Eigentlich sollte alles laufen wie am Schnürchen, regelmäßig und ruhig, doch statt dessen ist es, als würde man an der Börse zocken. Waffen gegen Drogen, sauber und ruhig, das Heroin, das über Kroaten und Bosnier aus der Türkei kommt, gegen Heckler & Koch-Maschinengewehre und Stinger-Raketenwerfer. Dann ist der Krieg zu Ende, oder auch nicht: Er verändert sich, jetzt kommen die Albaner, und man muß wieder von vorn anfangen. Und jedesmal andere Gesichter, Nordafrikaner, Albaner, Russen, Abspaltungen von der Camorra, Emporkömmlinge der 'ndrangheta, Stiddari und andere Mafia-Parias ... man hat's nicht leicht, wenn man einer der letzten Vertreter der einheimischen Unterwelt dieser Stadt ist, wenn nicht gar der letzte. Man müßte sie allesamt rauswerfen, so daß es nur noch uns in Bologna gäbe. Mann ... wenn das so weitergeht, wähle ich bald auch noch die Lega.

Darüber denke ich nach, während ich mit der Hand unter die Jacke fahre, langsam, damit man das Holster der .357 nicht sieht, die ich am Gürtel trage, und das Portemonnaie aus der Tasche ziehe, um dem Zeitungshändler das »MickeyMistery«-Heft zu bezahlen.

Pelo wohnte genau gegenüber einer Polizeiwache. Von seinem Fenster aus sah man den blau-weißen Geländewagen, der vor dem Eingang mit dem Schild *Polizia di Stato* parkte.

»Ich habe nicht verstanden, wer du bist und was du von mir willst«, sagte Pelo gerade mit seinem schleppenden und verträumten ferraresischen Freaktonfall. Er war sehr mager und groß, hatte eine große Nase und nur ein paar lange Baianahaare, die zu beiden Seiten der Stirn herunterhingen.

»Ich hab nichts damit zu tun«, stellte Pacio klar, »ich weiß von nichts, und ich will auch von nichts wissen«, und um diese Aussage zu unterstreichen, lehnte er sogar den Joint ab, den Pelo soeben fertiggerollt hatte. Auch Laura lehnte ab.

»Ich habe eine Sache, die mir nicht gehört und die ich jemandem zurückgeben will«, sagte sie. »Pacio meinte, du würdest ihn vielleicht kennen.«

»Ich weiß von nichts«, sagte Pacio.

»Und wieso sollte ich ihn kennen?« fragte Pelo.

»Weil Pacio sagt, daß du alle Dealer dieser Stadt kennst.«

»Ich geh aufs Klo«, sagte Pacio und verließ eilig das Zimmer. Pelo zündete den Joint an, kniff wegen des Qualms beim ersten Zug die Augen zusammen und schaute aus dem Fenster.

Laura schlug die Beine übereinander, sie fühlte sich unwohl. Sie saß auf einem neuen Sofa, das noch von einer dünnen Cellophanfolie bedeckt war. Alles in diesem Zimmer wirkte neu, wie frisch von Ikea, auch das fast leere Bücherregal, die Konsolen für die Anlage, das Fach für den Videorecorder, sogar das finnische Holzkistchen, in dem Pelo den Shit aufbewahrte. Sie fragte sich, was sie tun sollte. Sie war wild entschlossen und sah aus wie eine superdämliche Sexbombe aus einem Quentin-Tarantino-Film, doch sie war und blieb ein braves Mädchen aus Rimini, hübsch, bißchen schick und etwas klosterschülerinnenhaft, und sie hatte keine Ahnung, was sie tun sollte.

Besser gesagt, sie hatte eine vage Vorstellung davon, aber sie wagte nicht, daran zu denken.

»Wer soll der Typ denn sein?« fragte Pelo mit heiserer Stimme nach einem tiefen, tiefen Zug.

»Einer, der auf Walt-Disney-Figuren steht.«

Pelo mußte husten. Er drückte den Joint in einem Aschenbecher aus, als hätte er es plötzlich furchtbar eilig.

»Mach's gut, Mädchen. Hat mich gefreut, dich kennenzulernen, du bist wirklich ein scharfer Schuß, aber jetzt sag ich dir Tschüs, ich hab nämlich zu tun.«

»Augenblick mal, warte ...«

»Nee, nee, ich warte auf gar nichts ... nimm jetzt deinen Rucksack und verschwinde hier. Ich habe dich nie gesehen ...«

»Alles in Ordnung?« fragte Pacio, der wieder ins Zimmer kam.

»Bestens«, sagte Pelo und griff nach den Trägern des Rucksacks, der neben Laura auf dem Sofa lag. »Deine Freundin will jetzt gehen.«

Laura wußte, daß sie es würde tun müssen. Sie fürchtete sich davor, sie versuchte, nicht daran zu denken, doch sie wußte es. Was sie nicht wußte, war, ob sie dazu in der Lage sein würde. Sie mußte es ausprobieren.

Also bewegte sie die Beine, löste sie mit einem feuchten Seufzen des klebenden Stoffes voneinander, beugte sich nach vorn, wobei das Leopardentop über den Brüsten raschelte, tauchte die Hand in den Rucksack, den Pelo ihr hinhielt, und zog die Pistole hervor.

Pelo öffnete den Mund, Laura steckte den Lauf der 38er hinein und zwang ihn, bis zum Fenster zurückzuweichen. Pelo schlug mit dem Nacken gegen das Glas und mit den Zähnen gegen das Korn der Pistole, während Laura sich an ihn drängte, als ob sie ihn küssen wollte. Die Pistole war nicht geladen, aber das wußte Pelo nicht, dem Blick nach zu urteilen, mit dem er in Lauras schwarze Augen starrte. Auch Pacio wußte es nicht, denn er sagte in einem fort: »Ey, was soll der Scheiß? Ey, was soll der Scheiß«, schrill und hysterisch, wie eine Schallplatte mit Hänger.

Draußen, von der Straße aus, sah ein Polizist, der gerade in den Geländewagen stieg, zu ihrem Fenster hinauf: Einen Augenblick lang war ihm, als sähe er eine junge Frau, die einen Kerl gegen die Fensterscheibe drückte und ihm etwas in den Mund schob, das wie eine Pistole aussah. Aber nur einen Augenblick lang, der Polizist schüttelte den Kopf, stieg in den Wagen und ließ den Motor an.

»Onkel Dagobert!« sagte Pelo, und er mußte es wiederholen, teils wegen des Motorenlärms von draußen, teils wegen des Pistolenlaufs, der sein Zahnfleisch blutrot färbte. »Er wird Onkel Dagobert genannt! Ich weiß, wo du ihn findest!«

Ich bin so gut wie tot. Ich bin ein Zombie, der durch diese glutheiße Stadt läuft. Ich habe etwas getan, das man in diesem Beruf nie tun darf. Ich habe etwas verloren, das nicht mir gehört. Schlimmer noch, ich habe etwas verloren, das Grigorij gehörte.

Der Handel mit Drogen gehört zu den dynamischsten Branchen überhaupt. Er nimmt stetig zu und wächst, neue Technologien, neues Know-how, neue Joint-ventures mit dem Ausland, du darfst nie stehenbleiben, du darfst nie sagen: »Jetzt geht es mir gut, so mache ich weiter«. Neue Verkaufsstrategien, neue Zielgruppen, neue Partnerschaften. Zum Beispiel die Russen. Kokain für die Adriaküste. Kann ich mich da zurückziehen? Nicht wettbewerbsfähig sein? Nein, ganz sicher nicht. Grigorij will vier Kilo Koks. Bitte sehr. Dann geht was schief, ich verstecke das Zeug an einem Ort, der nicht sicher ist, und verliere es. Eine Studentin nimmt es mit, wahrscheinlich aus Versehen. Grigorij wird stinkwütend. Und ich bin so gut wie tot. Ich verstecke mich gar nicht erst, ich gehe mit meiner Dreihundertsiebenundfünfziger hinten im Hosenbund durch meine Stadt und warte ab, was passiert.

Was für ein Scheißberuf. Und für uns gibt es kein Überlebenstraining wie für die Manager in den anderen Wirtschaftszweigen.

»Mann, und ich hab geglaubt, du studierst Italienisch. Und ich hab gedacht, du wärst so eine Streberin, die eine Eins plus über England im Viktorianischen Zeitalter macht. Und ich hab geglaubt, du würdest deine Examensarbeit über die Landschaft in Leopardis Dichtung schreiben ...«

»Pacio, kannst du bitte mal den Mund halten?«

Sofort schloß Pacio den Mund. Er war mit Laura gegangen, denn er hatte keine Lust, bei dem blutenden und fuchsteufelswilden Pelo zu bleiben. Aber er hatte auch keine Lust, nach Hause zu gehen und die Sache nicht zum Abschluß zu bringen. Im Adrenalinrausch ballte er die Fäuste in den Hosentaschen und ließ das Kügelchen aus hypoallergenem Metall in seiner Zunge über die Zahnspitzen gleiten.

Um diese Uhrzeit und an diesem Tag, hatte Pelo gesagt, konnte Onkel Dagobert nur an einem einzigen Ort sein. In den Giardini Margherita, wo er »Mickey Maus« las. Er hatte ihnen sogar gesagt, daß Onkel Dagobert um diese Uhrzeit, an diesem Tag und in diesem Moment nicht gestört werden wollte, aber Laura war sich sicher, daß er sich freuen würde, sie zu sehen. Sie würde ihm den Rucksack geben, vielleicht auch die Pistole, und fortgehen.

»Willst du dich etwa mit diesem Kerl treffen, oder was?« fing Pacio wieder an. »Das ist ein schlimmer Finger, wieso bist du so sicher, daß er dich laufen läßt?«

Sie hatte darüber nachgedacht. Sie war sich nicht sicher, das konnte sie nicht sein. Doch wenn sie den Rucksack erstmal übergeben hatte, blieb von dieser Geschichte nichts mehr übrig, kein Beweis, keine Verbindung. Sie würde wieder Laura aus Rimini sein, Studentin der Modernen Italienischen Literaturgeschichte, nächste Prüfung in Romanischer Philologie, die anderen würden auch bleiben, was sie waren, und tschüs. Sie stellte für niemanden eine Gefahr dar, sie wußte nichts, sie konnte nichts beweisen, sie war nichts.

»Wir wollen beide dasselbe«, sagte Laura mehr zu sich selbst. »Es gibt keinen Grund, einen Aufstand zu machen.«

Ich habe beim ersten Bildchen begonnen. Mickey ist gestreßt und will in Ferien fahren. Jetzt bin ich beim dritten der zweiten Seite und lese sie alle, eins nach dem andern. Wie früher. Ohne Eile, ohne eins zu überspringen, ich betrachte die Zeichnungen, die Gesichtsausdrücke, den Hintergrund. Ich lese sogar die Sprechblasen. Ich sitze auf der Lehne der Bank, wie damals als kleiner Junge, und lese alle Bildchen, eins nach dem andern. Sogar die Lippen bewege ich beim Lesen.

Laura erkannte ihn. Ein Mann um die vierzig, volles, zerzaustes Haar, das weiß zu werden begann, cremefarbene Sportjacke, trotz der Hitze. Im Sitzen wirkte er nicht besonders groß. Er saß auf der Lehne einer Bank, die Turnschuhe auf den grünen Metalleisten der Sitzfläche, nach vorn gebeugt, die Ellbogen auf die Knie gestützt. Er war in die Lektüre eines Comics versunken. Es sah aus, als würde er sogar die Lippen bewegen.

»Oh-oh ... warte!« sagte Pacio. Er packte Laura am Arm und zog sie beiseite. »Den kenne ich. Das ist einer der gefährlichsten Menschen in ganz Bologna. Ich weiß wirklich nicht, ob du einfach so zu ihm hingehen kannst ... der schießt, bevor er redet.«

»Nein, auf mich schießt er nicht. Mich kennt er nämlich. Er hat mich schon gesehen und weiß, wer ich bin.«

Bin gespannt, wen sie schicken. Grigorij ist unberechenbar. Der Albaner hätte einfach zwei von seinen Kamikazes auf mich gehetzt und vielleicht hätte ich sie zuerst kaltmachen können. Die neue Camorra legt Bomben, dagegen kannst du nichts machen. Aber Grigorij ... er hat diesen typisch russischen Sinn fürs Theatralische. Er könnte einem James-Bond-Film entsprungen sein.

Erbarmungslos und theatralisch. Einer von denen, die sich einen Kopf auf dem Tablett servieren lassen.

Sicher, wenn ich diesen Rucksack hätte, sähe es anders aus. Ich könnte ebenfalls auf theatralisch machen und käme vielleicht damit durch. Zum Beispiel den Rucksack in eine Champagnerkiste legen und von drei Playboyhäschen überreichen lassen. Und dann mit einem dieser Messer ankommen, mit dem man Lämmern die Kehle durchschneidet, mich vor ihn hinknien und sagen: »Da bin ich, Towarisch, ich habe gefehlt und bin bereit, dafür zu bezahlen.« Ich bin sicher, er würde mich verschonen, allein um des Spaßes willen, wie der Pate aufzustehen und die Arme auszubreiten.

Aber ich habe diesen Rucksack nicht. Ein hübsches, sauberes Mädchen hat ihn mir abgeluchst, mit einem pastellfarbenen Polohemd, die Haare ordentlich zum Pferdeschwanz gebunden.

Entschlossen trat Laura näher, aber wenige Meter vor der Bank blieb sie stehen.

Der Mann hatte den Kopf gehoben und sie gesehen.

Er sah sie an, starrte sie an, reglos, den Comic in den Händen, auf der Lehne sitzend, aber steifer als vorher. Etwas im Blick des Mannes ließ sie erstarren. Am liebsten hätte sie gerufen: *Nimm! Da ist er! Es reicht!* Doch in den Augen dieses Mannes lag etwas, das sie lähmte.

Entsetzen. Blankes Entsetzen.

Dieser Hurensohn. Perfekt und präzise, das ist dieses Hurensohns wirklich würdig. Er schickt mir diese superdämliche Sexbombe, die aussieht wie aus einem Tarantino Film. Leopardentop, Schuhe mit Keilabsatz und Insektenaugenbrille wie in einer Mafiadisko in Sankt Petersburg. Und sie hat auch noch genau so einen schwarzen Rucksack dabei, wie ich verschlampt habe. Ein Meisterstück, Grigorij, allerschmierigster Russenstil. Das ist mein Tod, das ist mein Zeichen. Und jetzt? Wird eine Gewehrkugel meinen Kopf explodieren lassen? Werden sie mich mit einer MG in zwei Teile schießen? Ohne mich, Grigorij, tut mir leid. Den Spaß verderb ich dir.

»Nein!« schrie Pacio, denn er sah sie als erster.

»Nein!« schrie Laura einen Augenblick später. Der Mann hatte eine Pistole hinter dem Rücken hervorgezogen und spannte mit dem Daumen den Hahn. Laura warf sich auf den Boden, ins Gras, während Pacio aufrecht stehenblieb, die Arme ausgebreitet wie eine Vogelscheuche.

Aber der Mann wollte nicht auf sie schießen.

Mit einer einzigen schnellen und sicheren Bewegung steckte er sich den Lauf der Pistole in den Mund und drückte ab, und im selben Moment spritzte sein Gehirn an den Baumstamm.

»Nein«, wiederholte Laura leise, sie schrie nicht mehr. »Nein«, ihre Stimme brach, und »Nein« sagte sie immer noch, als Pacio sie am Arm zerrte und ihr aufhalf: »Laß uns abhauen! Laß uns abhauen!«

Sie beruhigte sich erst, als sie den Park verlassen hatten, weit weg, hinter dem Bahnhof, in einer Bar. Pacios Hände zitterten, als er sein Bier trank, und sie betrachtete benommen ihre Fanta, die unberührt auf der Theke stand und deren Verschluß aussah wie der Ring einer Handgranate. Noch immer hielt sie den Rucksack in ihren Armen.

Dann sah sie zu Pacio hoch, doch ohne ihn zu erkennen, als wäre er gar nicht da.

Sie schüttelte den Kopf und murmelte mit zusammengepreßten Lippen:

»Und was jetzt?«

Vierte Woche

Grigorij war in Kiew in der Ukraine geboren, neunzehn Jahre bevor die Berliner Mauer fiel. Alles, was vor dem Mauerfall gewesen war, hatte keine große Bedeutung – Schule, Sport, Studienpläne, die Einberufung zum Militärdienst ... sein eigentliches Leben hatte in jenem Jahr begonnen, als er ein *Dieb im Gesetz* geworden war, ein Mafioso.

Es ging ganz einfach. Der Armenier besaß drei Nutten und eine der ersten Diskotheken Kiews. Grigorij verkehrte in der Diskothek und verguckte sich in eins der Mädchen. Der Armenier ließ ihn verprügeln und mit einem Tritt in den Hintern rauswerfen. Grigorij besorgte sich eine Pistole, doch bevor er etwas unternahm, suchte er einen alten Georgier auf, der als Dieb im Gesetz bekannt war. Grigorij hatte nur eine Frage: »Darf ich?«

Grigorij konnte es nicht ahnen, aber der Armenier war in Ungnade gefallen, er hatte begonnen, mit der Polizei zu reden, und alle konnten es kaum erwarten, ihn aus dem Weg zu räumen. Also sagte der alte Georgier: »Ja«, und als Grigorij den Armenier in einer Seitenstraße niederschoß, erbte er im gleichen Augenblick dessen Diskothek, die drei Nutten und den Titel eines Diebs im Gesetz.

Das war vor zwölf Jahren gewesen. Jetzt war Grigorij Millionär, er besaß einen eigenen Hubschrauber, die Aktienmehrheit an einer Fluggesellschaft, die Charterflüge zwischen Italien und der Ukraine veranstaltete, zwei Diskotheken in Kiew, mehrere Hotels in Rimini, eine Import-Exportfirma in San Marino und einen Bruder, der als Abgeordneter in der Moskauer Duma saß und seine Interessen vertrat. Dazu die Hälfte der slawischen Callgirls an der Adriaküste, diverse Teilzeitangestellte in den drei wichtigsten Gliederungen der Polizeikräfte sowie ein Dutzend Killer, italienische und ukrainische.

Und deshalb konnte er nicht begreifen, wie eine Frau, oder besser gesagt: ein Mädchen ihm einen Rucksack hatte abluchsen können, in dem sich vier Kilo reinstes Kokain befanden, dessen Verkehrswert einer Zahl mit reichlich Nullen entsprach.

Wer ist sie, hatte er Nikita gefragt, *woher kommt sie, für wen arbeitet sie.* Nikita hatte mit den Schultern gezuckt. Realgymnasium Serpieri in Rimini, naturwissenschaftlicher Zweig, und anschließend Italienischstudium an der Philosophischen Fakultät. Vorleben: ein Jahr als Wichtel, zwei als Guide und eins als Caravelle.

Grigorij hatte den Kopf gehoben: »Caravelle?« hatte er gefragt. »Was soll das sein? Eine Geheimsekte?«

»Nein. Pfadfinder.«

Finde sie, hatte Grigorij gesagt, *setz Himmel und Hölle in Bewegung, nur finde sie.*

»Sie werden dich finden.«
»Ich weiß.«
»Sie werden dich bald finden.«
»Genau das will ich ja.«

Laura saß quer auf dem Sessel, die Beine über der Lehne, den Zeigefinger in den Riemen einer ihrer silbernen Sandalen gesteckt, die sie nun zerstreut um das Handgelenk kreisen ließ, langsam und immer im Kreis wie einen Hula-Hoop-Reifen. Die Hitze in dieser Bude im Studentenwohnheim war höllisch, aber das wußte sie ja.

Gerade weil diese Wohnung der reinste Mikrowellenherd war, war Laura letztes Jahr dort ausgezogen. Zumal da noch die Mädchen von Comunione e Liberazione waren – der Organisation, der das Haus gehörte –, die verlangten, daß sie bei den spirituellen Übungen mitmachte, aber das war zweitrangig. Das Problem war diese Affenhitze, die von Bolognas Steinen aufsteigt und sich unter den Arkaden zu stauen scheint, und wenn man auch nur einen Augenblick lang das Fenster öffnet, stiehlt sie sich hinein wie ein Dieb und weicht nicht mehr. Also hatte sie im Italienischen Seminar einen Zettel mit einer Telefonnummer vom Schwarzen Brett abgerissen und war in eine kühlere Wohnung gezogen, zusammen mit Anna aus Pesaro, Paola aus Ferrara und Marta aus Rom. Die Schlüssel zur alten Wohnung hatte sie aber behalten, und dorthin war sie gegangen, um sich zu verstecken. Sich verstecken, um Gottes Willen ...

»Vielleicht kommst du ja ungeschoren davon. Wenn du hierbleibst, nicht rausgehst und nicht telefonierst ...«

»Nein.«

»Wieso nicht?«

»Weil irgend jemand ihnen sagen wird, daß ich hier bin.«

»Und wer sollte es ihnen sagen?«

»Du.«

Pacio sah Laura an und tippte sich mit der Fingerspitze gegen die Brust. Laura sah Pacio an und zuckte die Achseln.

Sie mochte diesen Typen, obwohl er so anders war als sie. Ganz mager, alternativ und mit diesem Piercing in der Zunge, das ihm ziemlich lästig zu sein schien. Es tat ihr leid, daß sie ihn in diese Geschichte hineingezogen hatte, aber jetzt, da sie den Kontakt zu Grigorij wieder verloren hatte, brauchte sie mehr denn je Hilfe. An diesem Punkt, überlegte sie, war es besser, sich schnappen zu lassen, aber nicht einfach so. Sie wollte wenigstens die Zeit haben, etwas zu sagen, bevor sie sich erschießen ließ.

»Wieso ich?« fragte Pacio. Auch er hatte etwas für dieses Mädchen übrig, obwohl er sie kaum kannte. Er hatte nicht vor, sie zu verraten, im Gegenteil, wenn er gekonnt hätte, hätte er ihr weitergeholfen. Außerdem hatte sie eine Pistole im Rucksack, da machte man besser keinen Unsinn.

»Weißt du noch, wie ich dich gefunden habe? Deine Telefonnummer stand in einem Buch, das du mir bei einer Prüfung geliehen hast. Ich habe meine Eltern angerufen und gebeten, sie durchzugeben. Und das Telefon meiner Eltern in Rimini wird abgehört.«

»Scheiße.«

Pacio blickte um sich, als würde im nächsten Augenblick jemand zur Tür hereinkommen. Er breitete sogar die Arme aus, fast als versuchte er die Balance zu halten, um sofort losrennen zu können.

»Bleib cool«, sagte Laura. »Geh nach Hause und warte ab. Wenn sie kommen, sag ihnen, wo sie mich finden können. Sag ihnen, daß ich das Zeug habe und daß ich es zurückgeben und ihnen erklären will, wie die Sache gelaufen ist ... jedenfalls soweit ich es weiß. Sag ihnen, daß sie bitte nicht gleich schießen sollen, wenn sie reinkommen. Also, in gewissem Sinne bist du für mich ein Filter, so was wie eine Bremse. Bleib cool, du kriegst nicht mal eine Ohrfeige ab.«

»Scheiße«, sagte Pacio. »Dir leihe ich bestimmt nichts mehr.«

Es dauerte fast eine Woche, bis sie sie fanden. Und Pacio fing sich eine ordentliche Ration Ohrfeigen ein. Er hätte ja sofort gesagt, wo Laura sich aufhielt, gleich als Nikita und zwei Gorillas, die er vom Sehen kannte, ihn vor seinem Haus in ein Auto zerrten, doch er hatte sich weder Straße noch Hausnummer des Studentenwohnheims notiert. Das passierte ihm dauernd, auch beim Parken. Erst beim dritten Schlag, als Pacio so verschreckt aussah, daß er bestimmt nicht log, war Nikita überzeugt und ließ ihn gehen. Dann begann er sämtliche Studentenwohnheime abzuklappern, angefangen in dem Viertel, an das Pacio sich vage erinnerte.

Laura sah sie durchs Fenster kommen. Sie trat auf den Balkon und rief hinunter: »Ich komme gleich.« Nur schnell noch duschen und sich von dem Schweiß dieses Backofens befreien.

Von dem Moment an, als Nikita ihn anrief und sagte, sie hätten sie gefunden, bis zu dem Augenblick, als er sie seine Villa in Riccione betreten sah, eingezwängt in den rechteckigen Ausschnitt der Überwachungskamera und schwarzweiß auf den Monitor projiziert, hatte Grigorij die Zeit damit zugebracht zu überlegen, was er anziehen sollte.

In dieser Beziehung war er ein Fanatiker. Mit seinen neunundzwanzig Jahren leitete er ohne Probleme ein kleines Imperium legaler und illegaler Wirtschaftsunternehmen interkontinentaler Bedeutung. Und es hatte ihn keine Mühe gekostet, soweit zu kommen, gemäß dem Gesetz der Fülle und der Leere, das die Expansionsdynamik der Mafia regelt: Eine Leere ist von Natur aus dazu bestimmt, eine Fülle zu werden. Entferne eine Bande aus einem Gebiet, und du schaffst eine Leere, die eine andere Bande füllen wird. Keine Leere bleibt leer, und so hatte sich Grigorij nach einer Operation der italienischen Polizei, die einen großen Teil der aus Rußland nach Rimini gekommenen Dicbe im Gesetz ins Gefängnis gebracht hatte, wie ein Quecksilbertropfen ausgedehnt und die entstandene Leere besetzt. Nach einem ersten Jahr der Etablierung hatten die Dinge begonnen, von allein zu laufen, und er war plötzlich ein Monarch mit einem Reich geworden, das sich selbst regierte. Und mit jeder Menge Freizeit.

Deshalb hatte er mit den Filmen angefangen. Er mochte die Serie um den *Paten* nicht, er erkannte sich in der italienischen Mafia nicht wieder und mochte deren Stil nicht. Genauso wenig wie in den *Reservoir Dogs* und den anderen Tarantino-Gangstern, die waren ihm zu schaurig. 007 war nicht schlecht, und eine Zeitlang hatte er sich mit ein paar Seite-Drei-Blondinen sehen lassen, die immer im Bikini waren, egal zu welcher Jahreszeit, und mit einer Angorakatze auf den Knien, die er streicheln konnte, wie Stavro Bloofeld. Aber auch das war noch nicht genug.

Und so hatte er angefangen, an den Choreographien und Kleidern zu feilen, hatte sich in Riccione eine Villa wie aus *Scarface* zugelegt, natürlich dem mit Al Pacino: nackte Frauen im Pool und bewaffnete Leute in den Hecken des Parks, diskret, schließlich sind wir in Italien, gestreifte Hemden mit spitzem Kragen unter Nadelstreifenzweireihern, Stiefeletten mit Goldverschlüssen ... Ein bißchen ins Wanken geriet sein Selbstbewußtsein, als er zufällig im Fernsehen den Trailer eines Films sah, *Schwarze Katze Weißer Kater* von Kustorica. Da trat ein Mafioso auf, der den gleichen Stil pflegte wie er, nur daß er Zigeuner war. Und für einen Ukrainer wie Grigorij war es ganz und gar nicht schön, einem Rom zu ähneln.

Aus diesem Grund steckte er in einer ästhetischen Krise. Und zwar so tief, daß er sich von Laura in kurzen Hosen und einem T-Shirt mit vorne und hinten einem Herzen und der Aufschrift *I love Riccione* überraschen ließ.

Das war Lauras Glück. Damit sie sich wohler fühlte, hatte sie das Leopardentop abgelegt und das T-Shirt angezogen, das sie angehabt hatte, als sie aus Rimini davongelaufen war. Ein T-Shirt mit vorne und hinten einem Herzen und der Aufschrift *I love Riccione*.

»Gut«, hatte Grigorij gesagt, »hübsches Fräulein. Dein Stil gefällt mir.«

Dann hatte er Nikita gebeten, Elisa mit ihrer Ausrüstung hereinzulassen.

In Wirklichkeit wäre Grigorij nichts ohne Nikita gewesen. Nikita war es, der die Dinge vorantrieb, als würden sie von allein laufen. Er war derjenige, der die Probleme löste, und er tat es auf seine Weise, Schritt für Schritt, immer eins nach dem andern. Das konnte durchaus seine Zeit dauern, doch irgendwann gab es das Problem nicht mehr.

Das hatte man ihm auf der Offiziersschule der KGB-Spezialeinheiten beigebracht, Abteilung Öffentliche Ordnung und Guerilla. Man geht an Punkt A los und kommt bei Punkt B an, und dazwischen tut man all das, was getan werden muß. Ein Dorf auf einem Berg und ein anderes Dorf auf dem gegenüberliegenden Berg: man bombardiert das erste, säubert es, dann bombardiert man das ganze Tal unterhalb, säubert es, man kommt zum zweiten Dorf, bombardiert auch dieses, säubert es, und die Arbeit ist getan.

Auf diese Weise hatte er auch das Wahlkampfproblem gelöst, als Grigorij ihn zum Chef des Pressebüros seines Bruders ernannt hatte. Nikita hatte sämtliche Pressebüros der anderen Kandidaten in die Luft gesprengt, dann alle Autos, dann alle Villen, dann alle Kandidaten. Schließlich war nur noch Grigorijs Bruder übrig gewesen, und er wurde gewählt. Dieses System hatte auch an der Adriaküste funktioniert, bei den Albanern, bei den Corleonesen, die nicht weichen wollten, und bei den alteingesessenen Hotelbesitzern in Rimini, die nicht verkaufen wollten.

Dennoch sehnte sich Nikita nach den Zeiten zurück, als er noch Uniform trug. Nun trug er ein Polohemd in der gleichen Farbe wie seine alten himmelblauen Kragenspiegel, er zog gestreifte T-Shirts mit U-Boot-Kragen an, trug den gleichen kurzen Schnurrbart wie damals bei der Truppe, und verrichtete im großen und ganzen eine ähnliche Arbeit, doch es war nicht dasselbe. Wenn er in eine der Trattorien auf den Hügeln im Umland fuhr, Richtung San Leo oder San Marino, und nach dem Essen zu viele Grappas getrunken hatte, hakte er sich bei einem seiner Leute unter und deutete auf das Tal: »Mit wie vielen Batterien würdest du dieses Tal hier decken? Ich bräuchte nur zwei MGs!«

Doch jetzt war Nikita nüchtern und effizient wie gewöhnlich. Er ließ Laura auf dem Sofa gegenüber von Grigorij Platz nehmen, fragte sie, was sie trinken wolle, *Eine Fanta,* aber die gab es nicht, *Eine Cola,* Mit Rum? *Nein, danke, ohne,* zog die Pistole unter dem T-Shirt hervor und legte sie auf das Tischchen hinter dem Sofa, in Lauras Rücken, bereits durchgeladen, dann streckte er den Arm aus, sie solle ihm den Rucksack aushändigen, ging ans andere Ende des Zimmers zu Grigorijs Schreibtisch, stellte ihn darauf ab und öffnete die Tür, um Elisa hereinzulassen.

Laura hätte gern gesehen, was vor sich ging, doch Grigorij

stellte ihr in einem fort Fragen, und sein Italienisch war so miserabel, daß sie ihre ganze Konzentration darauf richten mußte, ihm zu folgen.

»Mein Freund Onkel Dagobert. Wie hast du geschafft, ihn umzubringen?«

»Ich habe ihn nicht umgebracht. Ich hab erfahren, daß er nach mir sucht, weil er den Rucksack zurückhaben wollte, also habe auch ich nach ihm gesucht, um ihn ihm zurückzugeben. Als ich ihn gefunden hatte, muß er mich mit jemandem verwechselt haben, keine Ahnung, mit einem von euren Killern vielleicht, und hat sich selbst umgebracht.«

»Mein treuer Mann. Er sollte überwachen dich. Wie hast du geschafft, ihn zu verführen?«

»Ich habe ihn nicht verführt.« Laura errötete bis unter die Haarwurzeln. »Er muß Mitleid mit mir gehabt haben, ich weiß nicht ... er hat mir aus der Klemme geholfen und mich versteckt. Ich weiß nicht, warum, aber ich habe ihn nicht verführt ... Was ist aus ihm geworden?«

»Professorin, die Rucksack mit Stoff hatte. Du hast sie umgebracht.«

»Nein, das war ich nicht. Ich hab niemanden umgebracht, bis vor einem Monat wußte ich doch noch gar nicht, wie eine Pistole aussieht. Ich weiß nicht, wer die Frau Professor umgebracht hat, obwohl ich glaube, daß damit alles angefangen hat.«

»Entweder du lügst gut oder du bist wirklich ein braves Mädchen ohne Flausen. Ich glaube, es ist das zweite. Ja, ich glaube wirklich. Nikita?«

Während Laura sprach, hatte eine große braungebrannte Frau mit sehr kurz geschnittenem blondem Haar das Zimmer betreten. Sie trug einen weißen Kittel, und obwohl sie nicht so aussah, war sie eine hochspezialisierte Chemikerin.

Mit schnellen Schritten war Elisa hereingekommen, das Klackklack ihrer Absätze hatte das Klirren von Glas in dem Kasten, den sie bei sich trug, übertönt. Am Schreibtisch angekommen, entnahm sie dem Kasten eine Reihe von Fläschchen und einen Campingkocher mit Reagenzglas darauf. Sie zündete den Kocher an, nahm vier Fläschchen, zwei in jede Hand, und schüttelte sie gleichzeitig, als würde sie Cocktails mixen. Sie warf einen Blick auf das Tütchen mit weißem Pulver, das Nikita vor sie hinlegte, und verzog die Lippe zu einer Grimasse, die offenbar Enttäuschung ausdrücken sollte. Sie stellte zwei Fläschchen zurück und holte zwei andere hervor. Dann nahm sie eine Art Kaffeelöffel, nur kleiner, tauchte ihn in das Tütchen, schüttete das weiße Pulver in eins der Fläschchen, schüttelte dieses, goß etwas vom Inhalt des zweiten hinein, ganz wenig nur, wobei sie das Fläschchen konzentriert ganz nah vor ihre zugekniffenen Augen hielt, mixte das Ganze erneut und goß das Gemisch in das Reagenzglas.

Die weiße körnige Flüssigkeit verfärbte sich blau.

Elisa nickte.

Nikita drehte sich zu Grigorij hin und nickte.

Grigorij beugte sich nach vorn, zu Laura hin, und lächelte.

»Und jetzt laß ich dir bei lebendigem Leib die Haut abziehen«, sagte er zu ihr, »und aus deiner Haut mache ich ein Paar Handschuhe für meinen Bruder.«

Als sie sich damals an der Fakultät für Technische Chemie der Universität Bologna einschrieb, plante Elisa, ihre Diplomarbeit über Polyphosphate zu schreiben, um später einmal in der Düngemittelfabrik ihres Cousins zu arbeiten. Deshalb hatte sie in ihren Studienplan auch einige Prüfungen in Agrarwissenschaft eingeplant und studierte ohne große Begeisterung vor sich hin. In ihrer Wohnung jedoch lebten zwei alte Freaktanten aus Bari, die sich dauernd beklagten, daß sie auf der Terrasse kein Gras anbauen konnten, weil man das von der gegenüberliegenden Carabinieri-Kaserne aus hätte sehen können, und ausgerechnet, als sie für Botanik lernte, war ihr ein System eingefallen, wie man die Pflanzen düngen und beleuchten konnte, so daß sie auch gediehen, wenn sie in der Küche standen, die weniger besonnt war. Von den beiden Frauen hörte sie nicht mal ein Dankeschön, dafür war Elisa, als sie die Blättchen in die Höhe schießen sah, die Erleuchtung gekommen.

Sie wechselte die Wohnung, weg von den Freakfrauen, hörte mit dem Rauchen und Trinken und sogar mit dem Sex auf und stürzte sich aufs Studium, als wäre sie plötzlich zur Streberin geworden. Sogar ein neues Thema für ihre Diplomarbeit suchte sie sich. Nicht mehr über Polyphosphate wollte sie promovieren, sondern über Opiatderivate.

Nach bestandener Prüfung hatte sie sich unauffällig in der Szene bekannt gemacht, und nachdem sie ein paar Monate für die Corleonesen gearbeitet hatte, war sie zu Grigorij gewechselt, Vollzeit und mit einem Gehalt, das um vier Millionen Lire netto über dem lag, was sie bei Don Tano bekam –

monatlich. Was sie so wertvoll machte, war ihre Methode, Paraphylen zu erkennen, eine neue Substanz, die Kokain so sehr ähnelt, daß sogar Hunde sich täuschen lassen.

Aber es ist keins.

»Wie, das ist keins?«

Laura schlug die Lider ihrer tränenverschleierten Augen nieder.

»Das ist keins?«

»Du wolltest mich verarschen, was, hübsches Fräulein? Wo ist mein Stoff?«

»Das ist keins« wiederholte Laura, ohne Fragezeichen diesmal, denn inzwischen hatte sie es begriffen. Wochenlang war sie in der Gewißheit durch die Gegend gelaufen, daß der Rucksack auf ihren Schultern voller Drogen war, das hatten ja auch all die anderen geglaubt, die hinter ihr her gewesen waren, aber in Wirklichkeit war in diesem bescheuerten Ding nichts.

NICHTS.

Sie hätte das Zeug einfach bei sich zu Hause ins Klo schütten und vergessen können, und desgleichen all die anderen, die hinter ihr her gewesen waren und versucht hatten, sie zu entführen, zu verhaften oder zu töten.

Das Absurde daran war, daß dieses Nichts nicht nichts bleiben konnte. Mittlerweile steckte sie zu tief drin, Grigorij wollte seinen Stoff, er war überzeugt, daß sie ihn hatte, und sie mußte ihn finden. Da war eine Leere, die gefüllt werden mußte.

»Ich bring dich bloß nicht um, weil du gleiches T-Shirt hast wie ich, hübsches Fräulein. Vielleicht bist du anständiges Mädchen, das betrogen wurde, vielleicht aber auch schlaue Nutte. Interessiert mich nicht. Ich fahr für eine Woche weg. Wenn du abhaust, bist du tot. Wenn du dich versteckst, bist du tot. Es gibt nur eins, was du tun kannst, um nicht tot zu sein. Find meinen Stoff und gib ihn mir in genau sieben Tagen.«

Dann sagte er etwas auf Russisch zu Nikita, und Laura fand sich draußen wieder, auf der Straße, in Riccione.

Der Rucksack, dachte sie. *Ich habe ihn im Haus der ermordeten Professorin verwechselt. Ich muß von vorne anfangen. Ich muß zurück und noch mal ganz von vorn anfangen.*

Letzte Woche

Die Augen halb geschlossen, die schwarzen Brauen fast durch die Furche auf der Stirn vereint, starrt Laura den Assistenten an und betastet mit der Zungenspitze die Innenseite ihrer Wange. Sie versucht, den Rücken durchzudrücken, auf der Suche nach einer bequemeren Haltung, durch die der Druck auf den Hüften gemindert wird. Sein Gesichtsausdruck läßt nicht erkennen, was er gerade denkt.

Als sie nach wochenlanger unerklärlicher Abwesenheit nach Hause zurückkehrte, war ihre Mutter ohnmächtig geworden. Abgesehen vom Zeltlager und einer Interrailtour durch Irland war sie noch nie so lange von zu Hause fort geblieben, und selbst damals hatte sie jeden Tag angerufen. Von der Uni fuhr sie jedes Wochenende heim, bis auf einmal, als Anna aus Pesaro ihren Geburtstag in Bologna gefeiert hatte. Deshalb war es verständlich, daß es für ihre Mutter ein traumatisches Erlebnis war, als sie plötzlich an einem Julinachmittag verschwand, nachdem zwei Polizisten sie aufgesucht hatten. Und nur ein paar Mal mit ihr am Telefon zu sprechen, ohne zu begreifen, was sie wollte.

Als ihre Mutter an der Wand herunter zu Boden glitt, erschrak Laura kaum. Das war schon öfter passiert, ihre Mutter litt unter niedrigem Blutdruck, und außerdem ersparte ihr das eine Menge Zeit und Mühe. Es wäre Laura nicht leicht gefallen zu erklären, daß sie irrtümlich in den Besitz eines Rucksacks gekommen war, der dem Anschein nach randvoll mit Drogen war, daß sie hatte fliehen müssen, weil da Leute waren, die sie getötet hätten, um ihn in die Finger zu bekommen, daß sich schließlich jedoch herausgestellt hatte, daß gar nichts darin war und dieser bescheuerte Rucksack präpariert gewesen war. Und selbst wenn sie ihrer Mutter all das hätte erklären können, ohne daß die erneut ohnmächtig geworden wäre, so hätte sie ihr bestimmt nicht beibringen können, daß sie noch einmal fort mußte, weil ein russischer Mafioso ihr den Auftrag gegeben hatte, den echten Rucksack zu finden, da er sie andernfalls umbringen würde.

Also stieg sie über die Beine ihrer Mutter, hastete in ihr Zimmer, zog die Schlaghose Marke superdämliche Sexbombe aus, riß sich das T-Shirt mit der Aufschrift *I love Riccione* auf Brust und Rücken vom Leib, öffnete die Schublade und warf sich in Jeans, Turnschuhe und ein pastellrosa Polohemd. Dann stieg sie erneut über die Beine ihrer Mutter und rannte genau in dem Moment aus dem Haus, als ihr Vater auf den Flur trat und brüllte: »Laura! Ja sag mal, Laura!«

Während sie in die Pedale trat, um das Mofa zu starten

und zum Bahnhof zu düsen, steckte sie das einzige Ding in die Hosentasche, das nicht ihr gehörte: ein superflaches Handy, das Grigorij ihr gegeben hatte, damit sie ihn anrief, sobald sie den Stoff gefunden hatte.

In diesen Klamotten fühlte sie sich besser.

Sie hätte sich nicht träumen lassen, daß sie bald schon nackt an einen Frisierstuhl aus den fünfziger Jahren gefesselt sein würde, Gefangene eines geistesgestörten, kokainsüchtigen und mordenden Universitätsassistenten.

Laura schließt die Augen und läßt die Handgelenke kreisen, sie unterdrückt ein Stöhnen, es tut weh, aber nicht sehr, wenig, fast ist es nur ein bißchen unangenehm. Das gleiche tut sie mit den Knöcheln, und als sie die Augen wieder öffnet, ist der Assistent noch da. Vielleicht hat er bemerkt, daß sie ihn ansieht, aber er läßt sich nichts anmerken.

Sie mußte noch einmal von vorn anfangen. Alles hatte damit begonnen, daß sie wegen eines Vorlesungsskripts die Creberghi zu Hause aufgesucht und beim Weggehen aus Versehen den Rucksack der Frau Professor mitgenommen hatte. In ihrem eigenen befanden sich nur ein paar Fotos, Wäsche zum Wechseln, ein Buch von Baricco und die Monatskarte für den Zug. In dem der Frau Professor waren vier Kilo einer Substanz, die Kokain ähnlich war, so ähnlich, daß sich selbst Hunde täuschen ließen und eine Zeitlang vielleicht sogar die russischen Mafiosi. Die Verwechslung war Laura aus Versehen unterlaufen, aber das echte Kokain durch das falsche zu ersetzen, das hatte die Frau Professor absichtlich getan, und zwar vorher.

Also, wo waren die vier Kilo reines Kokain hingekommen? Die Frau Professor konnte sie schlecht fragen. Jemand hatte sie am gleichen Tag getötet, an dem es zur Verwechslung der Rucksäcke gekommen war.

Unmöglich, daß es noch in der Wohnung der Creberghi war: Die Polizei, der Dealer, der Onkel Dagobert genannt wurde, und vielleicht auch die Russen hatten die Dachwohnung bestimmt gründlich auf den Kopf gestellt.

Ebenso schied aus, daß die Frau Professor es zu dem Zeitpunkt, als sie ermordet wurde, schon verkauft hatte: Noch nie, zumindest nicht bis zu diesem Tag, war es Laura widerfahren, daß sie einer internationalen Dealerbande Stoff geklaut hatte, doch sie konnte sich vorstellen, daß, wenn einem so etwas passierte und man das Zeug so schnell wie möglich auf eigene Rechnung verkaufte, man sich aus dem Staub machen mußte – und nicht erst noch Studenten empfing. Zumal Grigorij, der Russe, es erfahren hätte.

Also? Wo waren die vier Kilo?

Ihr fiel ein, daß die Frau Professor einen jungen Assistenten hatte, der, bei dem sie den ersten Teil der Prüfung abgelegt hatte, gleich zu Beginn der ganzen Geschichte. Ein komischer Typ, der sie komisch angeschaut und der sich auf dem Weg nach Rimini in einer Raststätte in Luft aufgelöst hatte. Während Laura in der Bahnhofsbar im Telefonbuch von Bologna blätterte, überlegte sie, daß in wenigen Tagen die ersten Herbstprüfungen stattfinden mußten und er darum gut schon wieder zu Hause sein konnte. Der Name stand da, deshalb machte sie ein paar Schritte in Richtung Telefon und zog ihr Portemonnaie mit der Telefonkarte hervor, dann fiel ihr das Handy des Russen ein, und sie holte dieses hervor, dann überlegte sie einen Augenblick lang, daß es mit Karte weniger kostete, dann überlegte sie: *Egal, ich muß es ja nicht bezahlen,* also öffnete sie die Klappe und wählte die Nummer.

Er war da.

Er war zu Hause.

Er könne sie auch jetzt gleich empfangen, wenn es ihr recht sei.

Wann es recht sei?

Jetzt gleich.

Um ihn wonach zu fragen? Während der ganzen Fahrt im Bus vom Bahnhof bis zur Via delle Moline stellte sich Laura diese Frage. Informationen über die Frau Professor. Etwas über ihre Gewohnheiten. Ob sie ein Haus auf dem Land hatte. Wer weiß, vielleicht ... sie war schließlich kein Detektiv, und sie mochte ja auch keine Kriminalromane.

Als er ihr öffnete, lächelte Laura und sagte: »Guten Tag, entschuldigen Sie, ich würde gern kurz mit Ihnen sprechen ...«, und er nickte.

Dann packte er sie plötzlich an den Haaren und stieß sie mit der Stirn gegen den Türpfosten, so schnell und so heftig, daß Laura das Bewußtsein verlor, ohne es zu merken.

Laura runzelt die Stirn, doch dann zieht sie sofort die Brauen auseinander, weil die verkrustete Stelle über dem rechten

Auge zieft. Aber es ist stärker als sie, sie muß die Augen schließen und die Brauen wieder zusammenziehen, ein Gesichtsausdruck, den sie immer hat, wenn sie wartet, und mit dem sie aussieht wie die sehr junge Irene Papas.

Also runzelt Laura die Stirn, obwohl es ein bißchen weh tut, schaut den Assistenten an und wartet ab.

Sie erwachte, wie sie ohnmächtig geworden war, ohne sich dessen bewußt zu sein. Nicht einmal ihr Kopf tat weh, abgesehen von der Schnittwunde an der Stirn. Im ersten Augenblick konnte sie sich nicht erklären, wo sie war, wie früher als Kind, wenn sie aufwachte und nicht wußte, wie herum sie lag, ob am Fußende des Bettes, zum Nachttisch oder zur Wand hin. Doch dann wurden die Dinge klarer, und sie sah, daß sie auf dem Fußboden eines Dachbodens lag. Sie versuchte aufzustehen, und da erst kamen die Kopfschmerzen.

»Du kannst schreien, soviel du willst«, sagte der Assistent. »Von hier oben hört dich sowieso keiner.«

Laura blickte auf und sah, daß er auf einem Frisierstuhl saß, einem alten Sessel aus den Fünfzigern. Ein Bein baumelte über die verchromte, blitzende Lehne. Der Assistent lächelte, blond, schlank und professoral, und Laura dachte, daß sie zwar vielleicht ein anständiges Mädchen war, Tochter von Pensionsbesitzern und ein bißchen klosterschülerinnenhaft, daß sie aber nach all dem, was sie erlebt hatte, dennoch die Kraft und den Mut gefunden hätte, ihm ordentlich eine zu verpassen, aber hallo. Der Assistent schien ihre Gedanken zu lesen.

»Hoppla«, sagte er und zog ein Rasiermesser aus der Hemdentasche. Ein leichter Druck des Zeigefingers auf dem Griff ließ die Klinge hervorschnellen, eiskalt und bedrohlich glänzte sie im Halbdunkel. Gut, dann verpassen wir ihm eben keine, hätte Laura denken können, doch sie dachte an nichts, denn sie war völlig verschreckt.

»Aufstehen«, befahl der Assistent. »Und ausziehen. Weg mit den Schuhen, please.«

Laura stand auf, taumelte kurz. Sie streifte einen Turnschuh ab, indem sie mit der Spitze des anderen gegen die Ferse drückte, dann versuchte sie das gleiche mit dem zweiten, aber der Stoff ihrer Socke rutschte auf dem Gummi ab, und deshalb mußte sie ein Knie anwinkeln und den Schuh mit der Hand ausziehen.

Blitzschnell schoß ihr eine Idee durch den Kopf, aber daran hatte er auch gedacht, denn er war aufgestanden und hatte sich hinter der Stuhllehne verschanzt.

»Laß den Schuh fallen. Brav. Jetzt runter mit der Hose.«

Laura seufzte. Sie runzelte die Stirn, fixierte den Assistenten und begann, den ersten Knopf der Jeans durch das Loch zu drücken. Sie sah ihn immer weiter an, ernst und böse, auch als sie sich bückte, um mit beiden Händen die Hose von den Beinen zu streifen, auch als sie sich wieder aufrichtete, um über den zusammengeknautschten blauen Kringel auf dem Fußboden des Dachbodens zu steigen, erst mit einem Fuß, dann mit dem andern. Der Assistent schluckte und stieß einen Seufzer durch die halb geöffneten Lippen, der ein wenig heiser wurde.

»Ich hätte dich für schüchterner gehalten«, sagte er.

»Es ist soviel passiert«, sagte sie. »Soll ich auch das T-Shirt ausziehen?«

Der Assistent nickte, Laura kreuzte die Arme vor dem Bauch und zog sie rasch nach oben, half ein bißchen nach, als der Kragenstoff sich unter ihrem Kinn verknotete. Sie schüttelte den Kopf, damit die Haare wieder auf die Schulter fielen, und warf das zusammengeknüllte T-Shirt auf den Boden.

»Hm ...«, murmelte der Assistent. »Wo wir schon dabei sind ...«

Laura schauderte, aber nicht vor Kälte. *Okay,* dachte sie, während sie die Träger des Büstenhalters abstreifte und ihn nach vorn drehte, um den Haken zu lösen, *Okay,* dachte sie, während sie ihn zu Boden fallen ließ und ihre Brust sich durch einen unfreiwilligen Seufzer hob, und *Okay,* dachte sie noch einmal, als sie die Daumen unter den Gummi ihres Slips schob, zögernd, denn so nie, niemals ... Daß sie es tat, daß sie den Slip auszog, ihn an den Schenkeln entlangrollte und auf die Knöchel fallen ließ, geschah aus Kalkül, weil sie dachte, daß dieses Schwein nun etwas mit ihr anstellen würde, und um sie anzurühren, hätte er näherkommen und dieses bescheuerte Rasiermesser sinken lassen müssen, und dann hätte sie ihm das Knie in die Eier rammen können, daß es ihm zu den Ohren rausspritzte, hätte ihm die oben erwähnten Prügel verpaßt und ihn zum Fenster hinausgeschmissen, direkt in den Kanal, der unten vorbeifloß.

Aber nein, nichts geschah. Der Assistent seufzte und zuckte die Achseln.

»Du bist hübsch«, sagte er, »du müßtest dich sehen ... ganz nackt und mit diesen halb abgestreiften Tennissocken, die dir einen Touch von verblühter Jugend geben. Du siehst aus wie eine Mischung aus einer Art Lolita, aber der von Adrian Lyne, nicht der von Kubrick ... und den Kindfrauen von Oshima.«

Er schüttelte den Kopf, dann schnellte er plötzlich nach vorn und ließ die Klinge unmittelbar an Lauras Hüfte aufblitzen, so daß sie einen Satz zum Stuhl hin machen mußte, um sich nicht zu schneiden.

»Siehst du, das ist die Crux mit uns Intellektuellen«, sagte der Assistent, wobei er einen zweiten Hieb wenige Zentimeter vor Lauras Hintern ausführte, die wieder einen Satz machte und plötzlich auf dem Stuhl saß, »zuviel Hirn ... du stehst hier ganz nackt, und ich ...«, er ließ die Klinge vor Lauras Gesicht aufblitzen, die vor Schreck die Schultern gegen die Lehne drückte, »ich gehe her und zitiere aus Filmen!«

Blitzschnell, bevor Laura irgend etwas tun konnte, trat der Assistent hinter den Stuhl und packte ihre Hand. Er mußte bereits eine Schlinge vorbereitet haben, denn er band ihr Handgelenk an der verchromten Kopfstütze fest. Dann legte er ihr die Klinge an die Gurgel und zwang sie, den anderen Arm zu heben, den er auf die gleiche Art fesselte. So, mit den Armen über dem Kopf und gekrümmtem Rücken, sah Laura zu, wie er vor sie hin trat und ihre Knöchel an den metallenen Fußstützen festband.

»Dabei bin ich gar kein Kinofan«, sagte der Assistent, während er einen Schritt zurückwich und den Kopf zur Seite legte, um sie besser betrachten zu können. »Ich bin ein impotenter Sadist mit nekrophilen Neigungen. Ich berühre dich nicht mal. Ich behalte dich ein paar Tage hier, ab und zu foltere ich dich ein bißchen, und dann bringe ich dich um.«

Warte, Laura, warte. Sieh den Assistenten an, suche mit der Zunge eine Stelle an der Wange, auf der du herumkauen kannst, so weit hinten wie möglich, und warte.

Der erste Tag verging, ohne daß etwas geschah. Der Assistent blieb unten und sah nur ab und zu nach, um sich zu vergewissern, daß sie noch da war und die Fesseln sich nicht gelockert hatten. Er sah sie so gut wie gar nicht an. Nur einmal bückte er sich, um einen Strumpf hochzuziehen, der ihr über die Ferse gerutscht war.

»Oshima«, sagte er, »*Im Reich der Sinne.* Oder besser noch: Noburo Tanaka, *Abe sada.* Gott ... dabei bin ich gar kein Kinofan.«

Daß nichts passierte, freute sie. Daß niemand kam, erstaunte sie. Am Vormittag zuvor hatte sie dieses Haus betreten und war nicht mehr herausgekommen. Sie war sich sicher, daß Grigorij, der Mafioso, jemanden auf sie angesetzt hatte, wahrscheinlich diesen Typ da, Nikita, und sie war sich auch sicher, daß sie nachforschen würden, wo sie abgeblieben war, wenn sie sie eine Zeitlang nicht zu Gesicht bekamen. Aber Fehlanzeige. Was nur eines bedeuten konnte: daß niemand ihr gefolgt war.

»Sie werden dich schnappen«, sagte Laura, als der Assistent die Luke zum Speicher öffnete und mit einem Tablett in der Hand aus dem Fußboden auftauchte. »Ich hab zu Hause gesagt, daß ich hierher fahren würde. Sie werden mich suchen und dich schnappen.«

»So eine blöde Kuh«, brummte der Assistent, »ich bringe dir Frühstück, und du sagst solche Bosheiten zu mir. Wieviel Zucker?«

»Einen«, sagte Laura instinktiv. Der Assistent schüttete einen Löffel Zucker in eine Kaffeetasse und rührte sorgfältig um. Dann trat er zu Laura an den Stuhl, setzte sich auf eine Lehne und ließ sie einen Schluck trinken, und als er sah, daß sie die Lippen zurückzog, blies er über die dunkle Flüssigkeit.

»Mit Creme oder Marmelade?«

»Sie werden dich schnappen.«

»Mit Creme oder Marmelade?«

»Marmelade.«

Der Assistent brach ein Stück von einem Hörnchen ab und steckte es Laura vorsichtig in den Mund. Mit der Fingerspitze fing er einen Tropfen Aprikosenmarmelade auf, der ihr über das Kinn rann, und hielt ihn an ihre Lippen. Er murmelte: »Ich schneide dir die Nase ab«, womit er ihr schlagartig das unbändige Verlangen austrieb, in diesen Finger zu beißen. Laura leckte die Marmelade ab, und dabei starrte sie den Assistenten ernst und böse an, von unten.

»Gott«, sagte der Assistent. »Es nervt mich, wenn du mich so anschaust. Wie lautet die Nummer?«

In der Hand hatte er das Handy des Russen, und er hielt es

so nah vor Lauras Gesicht, daß sie die Augen zusammenkneifen mußte, um es scharf zu sehen.
»Welche Nummer?«
»Von zu Hause.«
»Die ... ist gespeichert.«
»Und wo? Wie heißt du? Mau... Zau...«
»Laß mich suchen ... bind meinen Arm los.«
»Nichts da. Sag mir, wo sie steht.«
Als Grigorij ihr das Handy gegeben hatte, hatte er ihr keine Nummer gesagt, was nur bedeuten konnte, daß sie gespeichert war. Aber nicht mal ein sadistischer Psychopath mit nekrophilen Neigungen würde ihr abkaufen, daß sie ihre Nummer unter *Grigorij* oder *Nikita* gespeichert hätte.
»Laß mich suchen, bitte ... bitte!«
»Nichts da ... ah, da ist sie ja. Es gibt nur eine. *Privat* ... das ist sie, stimmt's?«
»Ja«, murmelte Laura. Da Grigorij in Riccione wohnte, hatte die Nummer sogar die Vorwahl von Rimini.
Gott, ich danke dir, dachte Laura, *Gott, ich danke dir.*
»Pech gehabt ... kein Empfang. Schade.«
Laura fühlte sich dem Tode nah. Sie beobachtete den Assistenten, wie er das Handy hob, es hin und her drehte und dabei den Kopf schüttelte.
»Und nicht mal 'ne Schramme. Glaub nicht, daß ich dich zum Telefonieren mit nach unten nehme, ich bin nämlich nicht blöd. Das bedeutet, daß ich schnell mache und dich schon heute vormittag töte.«
»Nein, das ist nicht wahr ... es ist ein Satellitentelefon, et-

was besonderes ... es muß Empfang haben! Du kannst nur nicht damit umgehen!«

»Das ist ein ganz normales GSM-Handy ... hübsch, aber nicht mal das neueste Modell.«

»Es gibt eine Tastenkombination. Mach meine Hand los, und ich zeig's dir. Nur eine ... Ehrenwort!«

»Bist du sicher? Du willst mich nicht verarschen? Wenn du mich verarschst, schneide ich dir ein Ohr ab, du kannst dir aussuchen, welches.«

»Einverstanden ...«

»Welches?«

»Welches was?«

»Welches Ohr ... gut, ich werd's aussuchen. Das rechte ... okay?«

Der Assistent trat hinter die Lehne und band Lauras Handgelenk los. Er drückte ihr das Handy in die Hand und trat einen Schritt zurück. Laura zitterte. Sie hielt den Apparat in der Hand, als wäre er tonnenschwer, dann plötzlich hob sie den Arm und warf es gegen eins der Dachfenster. Mit einem lauten Knall zersplitterte das Glas, und in einem Scherbenregen flog das Handy zum Fenster hinaus. Mit der freien Hand bedeckte Laura ihr Ohr, igelte sich ein, so gut es ging, und schrie: »Nein, bitte nicht, nein!«

Doch der Assistent tat ihr nichts.

Er ging um sie herum, trat ans Fenster und beugte sich vor, um hinauszusehen, das Rasiermesser hing untätig herab.

»Das ist ja die Höhe«, murmelte er, offenbar enttäuscht.

»Keine Sorge, ich schneide dir dieses Ohr schon noch ab,

Strafe muß sein. Aber erst will ich verstehen, warum du das getan hast ... Intellektuellenmarotte, weißt du.« Er deutete auf das eingeworfene Fenster. »Du bist ein kluges Mädchen, brillant ... wenn ich mich recht erinnere, habe ich dir im ersten Teil der Prüfung eine Eins plus gegeben, und ich glaube, ich hätte das in den nächsten Tagen im zweiten Teil bestätigt. Was wolltest du damit erreichen? Aufmerksamkeit erregen?«

»Ja«, sagte Laura. Tränen rannen aus ihren Augenwinkeln und liefen langsam über die Wangen.

»Hm ... einem klugen Mädchen wie dir kann nicht entgangen sein, daß wir hier in der Nähe des Kanals sind und daß diese Seite des Hauses genau auf die Schleuse geht. Dein Handy ist im Wasser gelandet, kein Mensch hat es mitgekriegt, und mittlerweile ist es bestimmt schon in den Reno getrieben. Und dafür hast du ein Ohr verspielt.«

Der Assistent zuckte mit den Schultern, öffnete und schloß ein paarmal das Rasiermesser und nickte dann, entschlossen. »Versprechen macht Schulden. Bringen wir's hinter uns.«

»Warte einen Moment«, sagte Laura, »warte, bitte!«

Sie war so verschreckt, daß sie ihn nicht daran hinderte, ihr Handgelenk wieder an die Kopfstütze zu fesseln. Dann versuchte sie, sich zu fassen, zu reagieren, irgend etwas zu tun.

»Du hast die Frau Professor getötet!« rief sie.

»Aber ja doch«, sagte der Assistent. »Jetzt weiß ich, was meine wahre Berufung ist. Das Ohr, wenn ich bitten darf.«

»Der Stoff!« rief Laura. »Da sind vier Kilo ...«

»... reines Kokain, ich weiß. Ich dachte, es wäre das in deinem Rucksack und hatte mir ein Tütchen davon eingesteckt. Zum Glück handelte es sich nicht um echte Ware, denn ich bin zufällig an einem Hund der Steuerfahndung vorbeigegangen, und andernfalls säße ich jetzt schon im Knast. Das Koks habe ich. Ich habe genug davon für den Rest meines Lebens.«

»Wo war es? Wo hatte sie es versteckt? Warum haben sie es nicht gefunden?«

»Weil ich es hatte, obwohl ich es nicht wußte. In der Nacht, als ich sie tötete, war ich aus drei Gründen bei ihr. Um Bücher für eine Arbeit über Petrarca abzuholen, um die übliche Party mit den anderen zu feiern, um sie zu überreden, sich mit mir einzulassen. Die Bücher hatte ich schon in meine Tasche getan, und als ich abgehauen bin, habe ich sie mitgenommen. Ein paar der Bücher hatten einen doppelten Boden. Ich schätze, sie wäre bei mir vorbeigekommen und hätte sie wieder abgeholt, bevor ich etwas bemerkt hätte. Schluß jetzt mit dem Geschwätz, kleine Laura, das ist selbst für einen Intellektuellen zuviel.«

»*Nein!*« rief Laura und krümmte den Rücken so sehr, daß ihr Po sich vom Frisierstuhl löste. »Du kannst mit mir machen, was du willst, aber tu mir nichts, bitte!«

Der Assistent seufzte. Er ging wieder um den Stuhl herum, hob Lauras pastellrosa T-Shirt auf und warf es ihr mit einer schnellen, gleichgültigen Bewegung zu. Das T-Shirt glitt über ihren Busen, blieb auf dem Bauch liegen, irgendwie gehalten, gerade so, daß die Stelle zwischen ihren Beinen bedeckt war.

»So«, sagte der Assistent. »Merk dir eins: Gewisse Dinge sind mir scheißegal. Los jetzt ...«

Laura schrie mit aller Kraft, die sie in den Lungen hatte, doch als sie spürte, wie die Finger des Assistenten ihr Ohr ergriffen, schrie sie noch lauter. Sie spürte die Kälte der Klinge, die über die Haut an ihrem Hals hinauf kratzte, auf der Suche nach der richtigen Stelle. Schmerz spürte sie keinen, doch sie spürte, wie das Blut heiß auf ihre Wange spritzte, wenig, nur ganz wenig. Zu wenig.

Der Assistent ließ das Rasiermesser fallen und krümmte sich über die Lehne, bevor er wie ein leerer Sack zu Boden fiel. Laura schüttelte den Kopf, blinzelte, um den Blick von dem Schleier aus Blut, das nicht ihres war, zu befreien, und sah Nikita, der mit der Pistole in der Hand mitten im Raum stand. Sie mußte so verschreckt gewesen sein, daß sie nicht mal den Schuß gehört hatte.

»Gott, ich danke dir ...« sagte Laura. »Ich wußte es ... ich wußte es, wenn ihr mich nicht verfolgt, dann müßt ihr mir was ins Handy eingebaut haben, einen Sender oder so ... stimmt's? Stimmt's?«

»Ja«, sagte Nikita. »Wo ist es?«

»Ich habe es aus dem Fenster geworfen, in den Kanal. Ich dachte, wenn ihr merkt, daß es verschwunden ist, kommt ihr nachsehen, was passiert ist ...«

»Nein ... wo Grigorijs Koks ist.«

»Ach so ... es ist in Büchern versteckt. Bücher über Petrarca, unten im Regal, schätze ich, im Arbeitszimmer.«

Nikita nickte. Er trug ein blaues Sakko über einem gestreiften Hemd, und das Sakko spannte an den Schultern, als er sich bückte, um das Rasiermesser unter dem Körper des Assistenten hervorzuholen. Nikita verzog keine Miene, Laura sah nur sehr nah die Augen und den reglosen Oberlippenbart, doch sie verstand auch so.

»Warum?« fragte sie. »Ihr habt den Stoff, es ist alles in Ordnung, ich verschwinde und werde nicht reden ... ich hab doch getan, was ich sollte, ich hab's doch getan!«

Mit dem linken Daumen prüfte Nikita die Schärfe des Rasiermessers, dann schob er ihn auf den Rücken der Klinge, und legte den Zeigefinger in den Winkel zwischen dem Metall und dem Horn des Griffs. In der rechten Hand hielt er noch immer die Pistole.

»Du ja«, sagte er. »Aber ich nicht ... das heißt, Grigorij wird das glauben. Ich bin zu spät gekommen, der Typ da hatte dich schon getötet, und ich habe ihn getötet.«

»Und reißt dir schön mein Koks unter den Nagel!«

Nikita drehte sich um ein halbes Grad und hob den Arm mit der Pistole, doch er schoß nicht, denn Grigorij hatte dasselbe getan. Eine Heckler & Koch Kaliber 40 und eine Glock Kaliber 9 aufeinander gerichtet, genau zwischen die Augen, die aufgerissen und starr auf die erste Bewegung des anderen lauerten.

»Ich wußte, daß du gierig bist, Nikita.«

»Wenn du es gewußt hast, warum hast du mich dann nicht besser bezahlt, Grigorij?«

Sie sprachen Russisch, und Laura verstand kein Wort. Aber das war auch nicht nötig.

Wenn sie zu schießen anfangen würden, da war sie sicher, würden sie beide sterben, und sie vielleicht auch. Auf der anderen Seite: Wenn die beiden sich einigten, dann würde sie mit Sicherheit sterben. Also atmete sie still ein, versuchte keine Aufmerksamkeit zu erregen, und spannte mit einem leichten Zucken die Bauchmuskeln an. Sachte, ganz sachte.

»Leg deine Pistole hin, Nikita.«

»Leg du deine hin, Grigorij.«

Laura schluckte, sie atmete tief durch die Nase und spannte die Bauchmuskeln an. Wie im Fitneßstudio, aber langsam. Nur ein Zucken, entschlossen, und dann still, reglos, wie die gespannte Luft auf diesem Dachboden.

»Beide zugleich, Nikita, auf drei.«

»Beide zugleich, Grigorij. Eins, zwei ...«

Laura spannte die Muskeln noch mehr an und drückte sie nach oben. Das rosa T-Shirt, das sie zwischen den Beinen bedeckte, geriet ins Rutschen und fiel vom Stuhl herunter.

Von seiner Position aus konnte Nikita sie nicht sehen, doch Grigorij richtete die Augen auf Lauras Beine, instinktiv, ganz wenig, nur einen Augenblick, doch lang genug, damit Nikita glaubte, er habe eine Chance.

Er drückte ab, und Grigorij ebenso.

Der Dachboden füllte sich mit so betäubendem Donnerhall, daß Laura sich auch dann nicht schreien hörte, als es vorbei war und Grigorij und Nikita nichts weiter waren als zwei Haufen aufgeplatzter Löcher im Stoff, zusammengesackt an den Wänden, gegen die sie geschleudert worden waren.

Sie selbst war unversehrt.

Es fiel ihr nicht schwer, sich von den Fesseln an den Handgelenken zu befreien, sie zerrte daran, bis Blut kam, und konnte eine Hand herausziehen. Noch weniger Zeit benötigte sie, um sich anzuziehen, und gerade eine Minute, um die Bücher im Arbeitszimmer des Assistenten zu finden. Als die Polizeisirenen ertönten, war sie schon aus dem Haus.

Die Polizisten waren noch nicht drinnen, da hatte sie sich schon über den Kanal gelehnt, hatte den schmerzenden Arm hin und her geschwenkt und die viertausend Gramm Kokain ins tosende Wasser der Schleuse geworfen.

Laura aus Rimini betastet mit der Zungenspitze die Innenseite ihrer Wange, bevor sie mit den Zähnen daran herumnagt. Anna aus Pesaro wickelt sich die Haare um den Zeigefinger, eine lange schwarze Locke wie ein Ring. Paola aus Ferrara drückt den Rücken durch und lehnt sich mit dem Nacken an die Glasscheibe des Kastens mit den Prüfungsterminen. Sie versucht sich an ein Datum aus dem zweiten Teil der Italienisch II-Prüfung zu erinnern, Moderne Literatur, Studenten Nachnamen L bis Z, erster Prüfungstermin im Herbst. Sie fragt Laura danach, obwohl die gleich hereingerufen werden soll, doch Laura schaut sie nicht einmal an.

»Weiß ich nicht«, sagt sie, »ich hab nicht gelernt.« Darauf Paola: »Du hast nicht gelernt?« Und Anna: »Mein Gott, und was machst du jetzt? Wir haben doch einen neuen Assistenten!«

Laura antwortet nicht. Sie hat nicht gelernt. Noch vor einem Monat wäre sie bei dem Gedanken, ohne perfekte Vorbereitung in eine Prüfung zu gehen, vor Panik und Kolitis gestorben. Jetzt, nachdem man auf sie geschossen hat, nachdem man an ihr herumgeschnippelt, sie verfolgt, gefesselt und gefoltert hat, nachdem sie eine Woche auf einer Raststätte gelebt, sich für einen Psychopathen ausgezogen und wer weiß wie viele Menschen sterben gesehen hat, nachdem sie ein paar Milliarden Lire in Form von Kokain weggeschmissen hat und nach Hause zurückgekehrt ist, ohne daß irgendwer eine Ahnung davon hatte, was ihr widerfahren war – jetzt nicht mehr.

»Keine Sorge«, murmelt sie, »ich komme immer durch.«

Als ihr Name aufgerufen wird, steht sie auf, setzt sich vor das Pult, stützt die Arme auf die hölzerne Tischplatte und sieht den neuen Assistenten an.

Sie sieht ihm direkt in die Augen, ernst und böse.

Und lächelt.

Lesen Sie vom selben Autor

**CARLO LUCARELLI
DER GRÜNE LEGUAN**
Roman. 208 Seiten, gebunden, 1999

Der spannungs- und gefühlvoll inszenierte Literaturthriller um einen blinden jungen Mann, um Liebe und Einsamkeit, einen Serienmörder in Bologna und um Grazia, die Kommissarin in der italienischen Männerwelt: »Schnapp ihn, Kleines.«

›Almost Blue‹ — der Jazz und die Stimme von Chet Baker führen durch einen melancholisch-nervösen Roman. ›Almost Blue‹ ist der Lieblingssong des 25jährigen Simone, weil Chet Baker ihn mit geschlossenen Augen singt. Simone ist von Geburt an blind. Mit seinen elektronischen Geräten geht er auf die Jagd nach den Tönen und Stimmen der Stadt Bologna. Simone lotet die Stille aus. Jeder Klang hat für ihn eine Farbe: »Ein bildschönes Mädchen hätte blaues Haar.«
Ein Serienmörder im studentischen Milieu von Bologna wird Leguan genannt, denn er schlüpft in die Haut seiner Opfer. Der grüne Leguan: Grazia, die junge Fahnderin, macht Jagd auf ihn – mit Hilfe von Simone.
Durch seine Schreibkunst wird Carlo Lucarellis Romanthriller *Der grüne Leguan* im Zusammenspiel der Figuren, Farben, Klänge und Stimmen zu einem atemberaubenden und ergreifend sinnlichen Erlebnis.

»Ein wunderbares Vergnügen für Geist, Seele und Sinnlichkeit.«
Frankfurter Allgemeine Zeitung

CARLO LUCARELLI
SCHUTZENGEL
Roman. 175 Seiten, gebunden, 2001

Coliandro und Nikita, der Polizist und das Punkmädchen – hinreißend chaotisch gegen alle.
In *Schutzengel* tritt zum ersten Mal das unterhaltsamste ungleiche Paar der jungen italienischen Kriminalliteratur auf. Und wie in seinem Erfolgsbuch *Der grüne Leguan* ist für Carlo Lucarelli Bologna die Bühne seines literarischen Thrillers: ein Meister der Einfühlung, der witzigen Dialoge und überraschenden Wendungen.
Die junge, hübsche und anarchische Nikita, die als Moped-Kurierfahrerin ein rätselhaftes Päckchen durch einen dummen Zufall nicht ausliefern kann, sucht Rat und gerät an ihren alten Bekannten Coliandro. Der wäre so gerne ein Clint-Eastwood-Inspektor, hat aber nur einen ruhmlosen Abstieg vom Streifenwagen in die Kantinenbeschaffung hinter sich. Der verliebte Versager Coliandro versucht, am Rande der Legalität den Helden zu spielen, und lässt keine Gelegenheit aus, die »Wölfe« der Mafia auf seine und Nikitas Spur zu lenken.
Nur Schutzengel können im Showdown helfen.

»Lucarelli gelingt mit *Schutzengel* ein Stück Kriminalliteratur, das die Frage danach, ob dieses Genre überhaupt zur Literatur zu rechnen sei, einmal mehr ad absurdum führt... Denn *Schutzengel* ist so, wie eigentlich jedes gute Buch sein sollte – pulsierend originell und nicht zuletzt ein mörderisch gut erzähltes Märchen dieser Zeit.«

NDR 3

CARLO LUCARELLI
DER KAMPFHUND
Roman. 301 Seiten, gebunden, 2002

Vittorio ist Berufskiller, tödlich wie ein zum Morden abgerichteter Kampfhund. Er tötet, weil er bezahlt wird – aber auch, weil er nicht anders kann. Niemand hat ihn jemals zu Gesicht bekommen, denn er ist ein Meister der Verkleidung und der Tarnung. Er wechselt seine Identität nach Belieben, und nur über das Internet ist Kontakt möglich. Wenn er nicht mordet, verbringt er seine Zeit damit, auf der Autobahn herumzufahren, versunken in der schwirrenden Stille seiner Gedanken.

Inspektorin Grazia Negro ist spezialisiert auf die Jagd nach Untergetauchten und arbeitet bei der ›Mobile‹ von Bologna. Während eines Abhöreinsatzes hat ein lautloser Killer die von ihr observierten Personen ermordet. Wenn sie keinen Dienst hat, verbringt sie ihre Tage mit dem blinden Simone, aber sie beginnt sich zu fragen, ob sie ihn wirklich liebt.

Alessandro ist Student, der bei einem Internet-Provider arbeitet. Seine blonde Freundin Kristíne ist nach Dänemark heimgekehrt und lässt ihn zurück mit seinem Liebeskummer und einem Hund, den alle fälschlicherweise für einen Pitbull halten. Wenn Alessandro nicht gerade Chats kontrolliert, verbringt er seine Zeit damit, ein melancholisches Lied von Luigi Tenco zu hören, das von den immer gleichen und aussichtslosen Tagen erzählt.

So verläuft ihr Leben – bis sich die Lebenslinien von Vittorio, Grazia und Alessandro treffen, Grazia einen Faden nicht entdeckt, der eine Serie von Verbrechen verbindet und Alessandro im falschen Chat schnüffelt. Die Jagd auf den Kampfhund beginnt.